集英社オレンジ文庫

宝石商リチャード氏の謎鑑定

辻村七子

本書は書き下ろしです。

CONTENTS

イラスト／雪広うたこ

宝石商リチャード氏の謎鑑定

CHARACTER

中《なか》田《た》正《せい》義《ぎ》

公務員志望の堅実な大学生。リチャードの下でアルバイトをすることに。名の通り、まっすぐだが妙なところで迂闊な〝正義の味方〟。

リチャード・ラナシンハ・ドヴルピアン

日本人以上に流麗な日本語を操るスリランカ系英国人の敏腕宝石商。年齢不詳、誰もが啞然とするレベルの性別を超えた絶世の美人。

case.1

ピンク・サファイアの正義

テレビ局の夜勤バイトは、大学の友達に誘われて始めた。

業務内容は、何十もあるスタジオの鍵を番号順に管理している詰め所の守衛だ。二十四時間、常に最低二人は入っていなければならない。スタジオを使う人に鍵を貸し、使い終わったら受け取って棚に戻す。それだけ。シフトは変則的だが仕事はゆるいし、渋谷《しぶや》だし、芸能人にもちょくちょく会える。もちろんみんな仕事中なので声はかけられないけれど。

これが案外堪《こた》えた。

始めたばかりの冬休みのうちはともかく、週四で昼は大学、夜はそのままバイト、仮眠室で朝眠ってまた大学というライフスタイルは、俺の体内時計を直撃した。いつも頭がぼーっとする。貯金は増えるが使い道が浮かばない。俺も友達も一律『守衛さん』で、一度も名前は呼ばれない。最近ごはんがおいしくない。このままいくと多分ヤバい。公務員試験に強いゼミに入ったものの、この分じゃいつ試験勉強が始められるのか。

自分を繊細と思ったことは一度もなかったが、これはもう時間と程度の問題な気がする。この四月で丸二カ月は続けている。シフトを減らして、それでもきつそうなら新しいバイトを見つけよう。そうしよう。

大体そんなことを考えながら、夜の代々木《よよぎ》公園の沿道を歩いていると、車道を挟んで隣の歩道から、酔っぱらいの声が聞こえてきた。言い争っているようにも聞こえる。背の高い植え込みが壁になってよく見えない。早上がりの日だから、今は深夜零時だ。羽目を外すようなイベントの日でもあるまいに。

俺は車道を突っ切って、声のするほうに走った。

四人か、五人。くたびれたスーツの男がわいわい騒いでいた。キャリーケースを持っていた真ん中の人は立ち往生して、足を滑らせて転んだ。ひゃひゃひゃと笑った酔っぱらいが、手に持っていたビールをその人の頭にかける。俺は息を吸った。

「おまわりさーん！　こっちですよー！　はやくー！　ひとが襲われてるー！」

調子にのっていた酔っぱらいは、蜘蛛《くも》の子を散らすように駅のほうへ逃げていった。取り残された人物は、懐《ふところ》からハンカチを出して頭を拭いていた。

「大丈夫ですか」

「………助かりました」

誘蛾灯《ゆうがとう》の明かりの下で、その人間は振り向いた。髪は金色。瞳は青色。淀みのない日本語。そして何よりも強烈な容貌《ようぼう》。うわっ、という小さな呻《うめ》き声《ごえ》が、聞こえていなかったことを祈りたい。

断言する。いまだかつてこんなに美しい人間に、俺はお目にかかったことがない。甲高の頰《ほお》、通った鼻筋、ゆるい癖のある金髪、なめらかな白い肌。瞳の青には濃淡があって、いつまでも見つめていられそうだ。全てのパーツを世界で一番美しい人間から集めてきて、奇跡的なバランスで調和させたような生き物だった。時間や、空気や、ほこりの粒子まで、この人間の周りでは違うリズムで流れている。いわゆるあれを本気で信じるところだった。人助けから始まる運命のなんちゃら——もし相手が女性なら。

俺がいままでに見た中で最も美しい男性は、灰色のスーツをはらって立ち上がった。

彼の名前はリチャードといった。

俺たちは二人で代々木公園沿いを駅前交番まで歩いた。被害届を出したほうがいいと勧めたのだ。黒い布張りのキャリーケースは車輪が一つ壊れてしまっていた。俺が担《かつ》ぐと言っても、リチャード氏は頑《かたく》なに固辞した。

「リチャード……ラナ……？　ごめんもう一回」

原宿《はらじゅく》という土地の割にあまりカタカナ慣れしていない警察官は、据え置きのパソコンに直接被害届を打ち込んでいた。金髪の男は財布からカードを差しだした。横文字の名刺である。ひっくり返すとカタカナの名刺になった。

リチャード・ラナシンハ・ドヴルピアンという、後半になるにつれて難易度が上がる早口言葉みたいな名前を、夜勤の警察官は名刺に首っ引きで入力した。隣のもう一人が俺たちにペットボトルの緑茶を一本ずつ出してくれたが、彼は一度も口をつけなかった。緊張しているようには見えない。宗教上の理由か何かだろうか。

「国籍は日本？」

「イギリス国籍です」

「滞在目的は観光？　ビジネス？　お仕事は何？」

「ビジネスです。宝石のディーラーをしています。宝石商」

宝石商。知り合いになろうと思っても、デパートや宝石店に行くほか、どうやって知り合えばいいのか見当もつかない職種だ。どうしてこんな時に。

行商人ってこと？　と尋ね返されたリチャード氏は、黒いキャリーケースのジッパーを開けた。幾つも幾つも菓子箱のようなものが詰まっている。そのうちの一つを取りだし、輪ゴムをはずした。中には小さなビニール袋が幾つも並んでいる。

違法薬物か、と身を乗り出した二人の警察官は、揃《そろ》っておーっと溜め息をついた。俺もかぶりついた。

ビニール袋の中に入っていたのは白い粉ではなく、青い石だった。腕時計のリューズくらいの大きさで、深海の水をそのまま取りだして固めたようなブルー。三十個くらい入っていただろうか。ビーズみたいだ。色合いの違う石が、別の袋に幾つも。幾つも。幾つも。
「はあー。何ですかこりゃ、エメラルドですか」
「サファイアです。大体こういうものを、ご予約をいただいてお客さまのお宅で商《あきな》ってい
ます。先方のお仕事が終わってからのことが多いので、どうしても遅い時間に」
「こんなもん持って夜道を歩くんですか？　あんた不用心じゃない？」
「今日は少し、いつもと事情が違いまして」
宝石商のリチャード氏が語り始めたのは、恐らく彼の人生最悪の日の話だった。
訪問販売の予約をもらっていたお客さんの家での仕事を終え、いつものようにタクシー
に乗ったリチャード氏だったが、当たった運転手が新人さんで、ホテルのある新橋《しんばし》駅まで
の道もわからない。にも拘《かか》わらず根拠のない自信だけはあり、結果闇雲《やみくも》に迷い続け、メー
ターはぐるぐる回り、意地でも車を止めようとしない。仕方なく代々木公園の前で降りた
ら、今度は性質《たち》の悪い酔っぱらいに出くわす。ビールをかけられ、キャリーケースを壊さ
れる。聞いていた警察官が途中で笑い始めたので睨《にら》むと、年かさのほうは肩をすくめた。
「あんた本当にこのお兄ちゃんに感謝しなきゃね。大損害になるとこだったじゃないの。
お兄ちゃんも悪いけど名前書いてくれる？　目撃者証言に必要だから」
俺は机のメモ帳に、ボールペンで自分の名前を書いた。中田正義。マサヨシくん？　と

確認されたので、俺は首を横に振り、フリガナを書き足した。ナカタ・セイギ。

「へえ！　名は体を表すねえ。感心、感心」

鈴木《すずき》と呼ばれた年かさのほうの警察官が嬉《うれ》しそうに笑ったので、俺は曖昧《あいまい》な笑顔で応じた。

零時四十五分、俺たちはやっと解放された。交番で呼んでもらったタクシーが来るまでの間、心配なのでここにいますと言うと、彼は心底、不思議そうな顔をした。

「あなたは紳士なのですか」

「しんし？」

ジェントルマン、とリチャード氏は発音した。本場の空気だ。

「交番でも最後まで付き合ってくれました。あなたは途中で帰ってもいいと彼らは言ったでしょうに」

「俺が帰ったあとで、調書の記入漏れが見つかったりしたら、迷惑でしょう」

なかなかタクシーが来ないとみると、リチャード氏は駅前のコインロッカーの隣にあるコンビニに入っていった。ミネラルウォーターのペットボトルを二本買って戻ってきて、一本俺に押しつけた時、ちょうどタクシーがやってきた。

俺は思わずあのうと叫んで、宝石商を引き留めていた。

「……すごく嫌な目に遭ったのはわかってます。でも頼みます、この国のこと嫌いにならないでやってください。あんなバカばっかりじゃないんです」

「よく知っています。大きな枠組みだけで人間を判断するのは愚かなことです。あなたが恐縮することではありません」

愚か。久しぶりに聞く言葉だった。俺より流暢《りゅうちょう》に日本語を操りそうな金髪の男は、トランクではなく後部座席にキャリーケースを載せた。不思議な出会いが終わろうとしている。

こんなチャンスは今しかないかもしれない。

「すみません、もう一つだけ！　リチャードさんは、宝石の鑑定の仕事もするんですか。たとえば、指輪とか……」

リチャード氏は初めて、驚いたという顔をした。交番で見たサファイアのように青い瞳が俺を見ている。運転席のドライバーが閉めますよと嫌そうに言うと、リチャード氏はぬっと足を一本出し、アスファルトにぴかぴかの革靴をついた。懐の財布から名刺を取りだし、片手で俺に差しだす。『ジュエリー・エトランジェ』。エトランジェって何だろう。メールアドレスと電話番号。

「いつでも電話してください。日本橋《にほんばし》あたりなら比較的会いやすいかと」

「でも」

「またどこかで。正義の味方さん」

リチャード氏はにこりと笑った。何も言えなくなったのは、多分、問答無用できれいだったからだろう。顔立ちだけではなく、彼の仕草の全部が。

タクシーはオレンジ色のテールライトを残して、夜の街に消えていった。

終電間近の山手線《やまのて》に乗って、俺は高田馬場《たかだのばば》のアパートに戻った。久しぶりにスマホを見ると、メールが一通入っている。差出人は『ひろみ』。実家の母親だ。

『元気？　こちらは元気です。これから夜勤行ってきまーす！』

あっちは元気そうだ。今は独り暮らしだから、メールはこまめにやりとりしている。パンツにランニングシャツの姿で、『人助けした。びっくりするほど美しかった。モデルか何かかな』と指に任せて打ち込んだあと、結局全部消し、いつも通り『おつかれさま。元気。もう寝る』と書いて送った。別に日常の些事《さじ》をわざわざ書いて送るような相手じゃない。

そのあと、俺はスマホで名刺にあった会社名を検索してみた。『エトランジェ』はフランス語で『異邦人』という意味らしい。宝石屋のウェブサイトは出てきたが、対応しているのは英語と中国語だけでお手上げだった。ネット通販はしていない。どこかに店があるのだろうか。ともかく本物の宝石屋だ。

多分これはありがたい偶然、なのだろう。

冷蔵庫を開ける。最近自炊もさぼり気味だから、もう保存食と調味料くらいしか入っていない。それから、使っていないチルド室に小さな黒い箱が一つ。

取りだすことすら久しぶりだ。

布地の箱の中には、ピンク色の宝石が一粒はまった、白金の指輪が入っていた。


銀座三越《ぎんざみつこし》のライオンのはなづらを、初めて撫《な》でた。つるっとしていた。

地下鉄銀座駅から地上に出ると、何だか不思議な世界が広がっている。中央区《ちゅうおう》。東京二十三区のうち、台東区《たいとう》の次に小さい区だという。新宿《しんじゅく》の雑多なビジネスの雰囲気とも違うし、渋谷原宿のウェイウェイした空気とも相容《あいい》れない。高すぎも低すぎもしないビルが、高級な弁当の具のように、一軒一軒きちんと配置されている。きれいな広告や建物のためにつくられたジオラマに、人間が間借りさせてもらっているような街だ。それでいて合間合間に、レトロな時計台や銅像が残っている。

予定の時間に、三越に近いコーヒーチェーン店の二階で待っていると、一度会ったら絶対忘れられない顔の男が、新品の黒いキャリーケースを引いてやってきた。面白い光景だった。横を通るテーブル、通るテーブル、ドミノ倒しのようにお客さんが同じ角度に首を折り曲げて、人の形をした美しい生き物を目で追う。上野《うえの》のパンダか。

どうも、と軽く手を挙げて挨拶《あいさつ》するリチャード氏は、揃いのダークブルーのスーツにワイシャツという姿だった。電話をしたら二つ返事で会いましょうと言ってくれた。品物があるからには見ないと話にならないそうだ。学生のほうがフットワークは軽いからと、俺が会う場所をお任せにした結果、銀座のど真ん中になった。

道を歩くだけで紳士服の宣伝になりそうな男が、俺の前に腰を下ろした。こっちの服装はチノパンにカーディガンだ。

「先《せん》だってはありがとうございました。お元気でしたか」

「はい、どうも……ほんとに日本語、上手ですね」

「言葉も大事な商売道具ですから」

リチャード氏のお盆には焼き菓子と水しか載っていなかった。少し意外だ。飲み物のほうが安いのに。

口をつけていないコーヒーの前で居住まいを正し、俺は用件を切りだした。

「指輪、持ってきました。鑑定をお願いしたいんです」
俺はリュックサックの中から、黒い箱を取りだした。
ぱっくり開く蓋《ふた》を開け、俺はピンク色の宝石のついた指輪を見せた。マチ針の尻につい
たプラスチックの球くらいの大きさしかないが、きれいな多面体に磨《みが》き抜かれているので、
光を反射してキラキラと輝く。縦横の長さがほとんど同じ、ころんとした光沢のある石だ。
銀色の金属の指輪には何も彫られていないし、刻印の痕跡などもない。
俺の持っている、たった一つの宝飾品だ。
「……こちらはピンク・サファイアのようですね」
「そうなんですか。何となくネットで調べてはいたんですけど、確信はなくて」
左様《さよう》ですかとリチャード氏は頷《うなず》いてくれた。俺は言葉を続けた。
「母方のばあちゃんの形見なんです。俺が高校生の時に死んじゃいましたけど……………本
人はずっと、偽物《にせもの》だって言い張ってました」
少し驚いた顔の宝石商に、俺は畳《たた》みかけた。
「変な話ですよね。でも俺の家には他に宝石なんて一つもないから、こういうもののこと
は、母も俺も全然わからないんです。嘘《うそ》か本当かもあやふやなままにしておくのは気分が
悪いし、専門の場所に出して鑑定してもらいたくて」

「ダイヤモンド以外の石の鑑定は『鑑別』と呼びますので、ご用件は鑑別になりますね。石の真贋《しんがん》だけが気になるわけではないのですか？」

「本物かどうか、今ここでわかるってことですか」

ある程度は、と彼は頷いた。さすがはプロだ。やっぱりそういうものか。

「でも最近の偽物はよくできてるっていうし、百パーセントじゃないでしょう。できればしっかり確かめてほしいんです」

預かってもらえますかと俺が頼むと、リチャード氏はしばらく、硬い表情をしていた。

「あの……駄目ですか？」

「こういった貴重なものは、普通、初対面の人間においそれと託したりはしないものです」

「二度目じゃないですか」

「『ほぼ』初対面でしたね。実は私が代々木公園の酔っぱらいとは比べ物にならない悪人で、あなたから指輪を騙《だま》し取ろうとしていたら、大事な形見は二度と返ってきませんよ」

不覚にも、俺はちょっと笑ってしまいそうになった。やっぱりこういう話になるのか。宝石は高価なものだから信頼がものをいうビジネスだと、昔読んだ雑誌記事にも書いてあった。この人はしっかりした商売をする人なんだろう。

「それはわかってますけど、本当に悪いやつは、わざわざそんなこと言ってくれないんじゃないかな。もしかして逆に、俺が悪人だった場合のこと考えてますか。偽物の指輪を預けて、本物を返せって。大丈夫です、上下左右から撮った指輪の写真、ちゃんとあります。コンビニで二セット印刷してきたから、一セット持っててください。あとは何があればいいのかな、割り印とか……？」

それこそ『ほぼ』初対面で信じてもらえるとは思えないけれど、本当に石のことを知りたいだけなんです――と。

俺が訴えかけても、リチャード氏は沈黙していた。できることなら信頼してほしい。一緒に交番で個人情報を開示した仲だし。

「それで、お金はあんまりないんですけど、予算はどのくらいですか」

「……日本国内の機関でしたら、三千円から、高くて五千円くらいでしょう」

「やっす！　あ、すみません。ネットで見た時には数万円って書いてあったような」

「アメリカの専門の機関に発注して、鑑別書をとるのなら、そのくらいかかります。日本国内の機関でも構わないのならば、先ほどの金額です。よろしいですか」

「大丈夫です。しっかりわかればいいです。時間はどのくらいかかりますか？」

「早ければ一週間、長ければひと月ほど」

お願いしますと俺が頭を下げると、宝石商は頷いた。よかった、何とかなりそうだ。

俺がコーヒーを飲んでいると、リチャード氏はところでと切りだした。

「中田《なかた》さんは大学生ですか？」

「あれ？　この前は正義《せいぎ》って呼んでませんでしたっけ」

「お名前はナカタ・セイギさんでは？」

「そうですけど、別に名字で呼ばなくていいっすよ。どうせ年下だし」

「そういうわけにもまいりません。今のあなたは私の取引先ですので」

「……本当に日本人じゃないんですよね？」

　リチャード氏は端麗な愛想笑いを浮かべ、グラスの水に口をつけた。焼き菓子を食べる様子はない。ビニールで包装されているから持って帰るつもりなのかもしれない。どの飲み物も注文したくない人間にも、喫茶店に入る方法があるようだ。この前のペットボトルのお茶といい、こだわりの人なのかもしれない。俺は見なかったことにしてコーヒーを飲んだ。缶じゃないのは久しぶりだ。

　リチャード氏はキャリーケースから、Ａ４の書類の入ったクリアファイルとボールペンを出した。書類に印字されているアルファベット三文字は、多分鑑別をする会社の名前だろう。俺がサインをして高田馬場の住所を書いているうちに、リチャード氏はデジカメで指輪の写真を何枚も撮った。さっき言った通り写真はありますけど、とリュックサックから写真の袋を差しだすと、念のためですと言われた。用心は大切だ。

「こういうのは昔からの伝統なんですか？」

「その通り。宝石の歴史は詐欺《さぎ》と泥棒の歴史です。消費者とディーラー、いずれも守るために、安全第一が古くからの伝統になっています」

「……よかった」

次に会えそうな日程を幾つか俺が伝えると、リチャード氏は電話しますと言ってくれた。さてお開きかと席を立とうとした時、一ついいですかと彼は切りだした。

「おばあさまが亡くなられたのは高校生の時だと仰《おつしや》いましたが、それから今まで、近所の宝石店に行ってみようとは思わなかったのですか？　鑑別の発注自体はどこのお店でも可能ですよ」

「縁がなかったんです。指輪のことは忘れてたくらいで。この前偶然リチャードさんに会って、何かの縁かなって」

リチャード氏はふと物憂《ものう》げな表情をした。目を伏せる仕草だけで通行人を悩殺できそうなスーツの男は、水のグラスに口をつけたあと、顔を上げた。

「ご依頼を確かに承《うけたまわ》りました。来月の頭か中ごろになるでしょうが、結果がわかり次第、中田さんの携帯にまた連絡いたします」

「そんなにかしこまってもらわなくていいですから。よろしくお願いします。リチャードさん」

　俺が小さく頭を下げると、宝石商は少しだけ目を細めた。何だろう。俺は何か面白いことを言ったのだろうか。

「ファミリーネームを呼ぶだけで『かしこまっている』と判断する人に、この国で初めて出会いました」

「『この国で』？　そうか、英語圏だと普通なんですかね。みんな名前で呼び合ってるし。俺は単に、呼ばれつけてないってだけですけど。けっこう覚えやすい名前でしょう」

「私も『リチャードさん』と呼ばれるのには、それほど慣れていません」

「……じゃあ、リチャード？」

　その通り、というように、宝石商はにこりと笑った。黙っていると三十代くらいに見えるが、笑うと少し幼く見える。幾つなんだろう。尋ねてみたかったけれど、タイミングを逃してしまった。

　握手をして店を出ると、リチャードは新橋駅のほうに向かった。後ろ姿を、俺は何とはなしに見送ってしまった。多分名残惜しいんだろう。キャリーケースの指輪が。

　ちゃんと役目を果たしてくるんだぞと祈るような思いで、俺は宝石商の背中を見つめていた。

大学二年生の最初の二週間は、それはもう恐ろしい速さで過ぎる。桜は散って葉桜に、薄手のコートはパーカーに。ゼミの面々はもう夏のバイトの予定を話している。

呼び出された銀座の喫茶店は、和光《わこう》の時計台の裏側だった。壁が全部板チョコみたいな色と質感をしていて間接照明も洒落《しゃれ》ている。平日の昼間なので、客の姿はまばらだ。

リチャードは予定より早く来ていた。お待たせしましたと言って、俺は宝石商の向かいに腰を下ろした。

「それで、どうでしたか」

「大変珍しいものを見せていただきました」

リチャードはまず最初に、俺にピンク・サファイアを返してくれた。表情は硬い。

「ところでこちらの指輪ですが、おばあさまの形見で間違いありませんか。この指輪について、他に何かご存じのことは？」

「どういうことですか」

俺が尋ね返すと、リチャードは表情を変えず、言った。

「この指輪に盗品の可能性があることは、ご存じですか」

その一言を、聞いた瞬間。

俺は喫茶店の天井を仰いでいた。唸《うな》るように溜め息をついてからリチャードを見た。眉根が寄っても相変わらずの美形だ。不可解と言いたげな表情をしている。俺の反応が予想外だったせいだろう。

俺は笑っていた。猛烈に嬉しかった。心からほっとしていた。

「あんた……すごいよ！　本物の宝石商だ！　すごい、本当にすごい」

「お静かに」

冷たい視線を受けて、俺は口をつぐんだ。テンションが上がりすぎた。

リチャードは森のように沈黙を保っていた。不思議な濃淡のある瞳が俺を見ている。美しいものには不思議な力があると思う。ただそこにあるだけで毒気が抜かれるし、悪いことはできないなという気分になる。自分の家の宗派も知らないのに寺にゆくと何となく手を合わせたくなる、あの感覚に似ている。リチャード然《しか》り、この指輪然り。

「説明していただけますか」

「……騙すような真似をしてすみませんでした。『偽物だって言い張ってた』っていうのは、俺の嘘です。調べてもらうのに方便が欲しかったから。でも他のことは嘘じゃありません。これは俺のばあちゃんの形見で、盗品です。話すと長くなりますけど、大丈夫ですか」

「そのつもりで来ましたよ」

ありがとうございますと俺は頭を下げた。今回の注文は、リチャードがミネラルウォーター、俺がカフェオレ。飲みきる前に全部話せるだろうか。

「じゃあ、俺のばあちゃんが東京で何をしてたかってところから話します。もう五十年近く前の話になりますけど」


俺のばあちゃんの名前は、叶《かのう》ハツ。東京に住んでいた。

仕事は掏摸《すり》だった。

彼女は戦前の生まれで、戦後に復員兵と結婚した。南方から命からがら帰ってきた彼には家も家族もなかった。空襲でみんな焼けてしまったのだ。残酷な話だが、あの時代そういう人は珍しくなかったのかもしれない。ばあちゃんも同じだったのだから。

彼女は夫と二人、同じ哀《かな》しみを分け合いながら生きてゆこうと思ったのだろうが、彼は今で言うPTSDを患《わずら》い、酒を飲んでは妻を殴った。仕事も見つけてはくびになるの繰り返し。二人とも頼れる親族はいない。軍人恩給だけが命綱だった。俺の母が生まれるまでに二人、男の子ができたそうだが、どちらも長くは生きられなかったという。

ばあちゃんは長い間、耐えたが、三人目に女の子が生まれた時に腹をくくった。この子だけはと思ったのだろう。先のない結婚生活に見切りをつけ、身寄りのない東京で母一人子一人生きてゆくことを決めた。だが赤ん坊を育てながら働ける職場など見つからない。食べ物にも困る日が続いた。ギリギリの生活の中で、彼女は決断を下した。

そして掏摸になった。

もとから手先が器用だったのかどうかは知らない。だが彼女の盗みの腕前は天才的だった。はじめのうちは路線バスが、徐々に山手線が仕事場になったという。警察につけられた二つ名は『抜きのハツ』。財布を懐から抜く瞬間が、巧《たく》みすぎて見えないのだ。裕福な男しか狙わず、盗むのは時計と現金のみ、財布の中身は根こそぎやるのではなく二割は残す。情に篤《あつ》く、困っている貧しい仲間には稼ぎを分け与える。やくざにも怯《ひる》まない。流儀があった。美学と呼んでもいい気がする。

ばあちゃんはその金で、俺の母を養い、育てた。

遠い外国の昔話ではなく、六十年代の東京の話だ。以前のイメージはオリンピックと、『ふるきよき昭和』系の映画くらいだったけれど、好景気の裏側で公害病が頻発《ひんぱつ》していた頃でもあるという。みんな貧しかったからみんなで豊かになろうと駆け足をしていた時代。大集団が細かいことは気にせず突っ走ってゆくと、跡には荒地と、足の遅い者が残るらしい。

ばあちゃんもまた、『荒地』で暮らす人だった。戦後好景気の恩恵から漏れたはみ出し者。この国の片隅で、時代から取り残されたように、ずっと一人で。

ある春の夕暮れ時、駅の雑踏で仕事の機会を窺《うかが》っていたばあちゃんは、一人で電車を待っている若い女性を見つけた。二十歳《はたち》になるかどうかの若さで、どこか浮世離れした、身なりのよいご令嬢だったという。左手薬指に、指輪をはめている。

髪を整える時、鮮やかな桃色の石がきらりと輝いた。夕焼けの茜雲《あかねぐも》を溶かし込んだような、美しい宝石だった。

彼女はその時、その女性が自分と同じ世界の生き物とは思えなかったという。ちょっとの好奇心でふらふらと天国の階段を下りてきてしまった、天使のように見えたと。

ばあちゃんはご令嬢と同じ電車に乗った。

山手線が次の駅につくまでの間に、指輪は彼女のものになった。

いつもなら、盗んだものは手元に置かず質に流すのだが、その夜一晩、ばあちゃんは指輪を自分の手にはめて、眺めた。結婚したら指輪がもらえるのは、お金持ちの人だけだった時代だ。母子で暮らしていた下町の長屋は四畳あるかないかで、剝《む》き出しの白熱電球はいつもちかちかしていたという。長い間おしゃれにも縁がなかっただろう。

朝になっても、ばあちゃんは指輪を質には持ってゆかず、米櫃《こめびつ》に入れてとっておいた。その日の昼ごろ、仕事をしていると急に電車が止まってしまった。あたりが騒がしい。どうしたのかと尋ねると、情報通の仲間はすぐに話を仕入れてきた。ばあちゃんは息をのんだ。

飛び込みをした女がいたという。まだ若い、良家の女性だ。

婚約者からもらった指輪をなくしたため、両家へ義を通し、死んでお詫《わ》びをと身を投げたのだという。一体いつの時代を生きてるつもりかねと、仲間は苦笑していたというが、ばあちゃんは少しも笑えなかった。家の人が駆けつけて土下座をする騒ぎになったらしい。令嬢は一命を取り留めたが重傷だ。

聞くが早いか、彼女は家に走った。指輪を持ってゆこうと思ったらしい。だが家に辿《たど》りつく前に追いかけてきた警察に捕まった。その日の稼ぎの品が懐に入ったままだったので、言い訳の余地もなかった。

ばあちゃんの手には指輪ではなく手錠がはまった。刑務所でおつとめだ。刑期は五年。ただの掏摸に五年は、尋常ではない長さだ。でも多分ばあちゃんの『稼ぎ』は、幼い子どもがいるとか女であるとか、そういう理由で大目に見てもらえる額ではなかったのだろう。他の仲間たちへの見せしめの意味もあったのだろう。

女子刑務所から戻ってきた時、ばあちゃんは四十を越えていた。娘のひろみは小学生。あだ名は『極道』。母親の留守の理由を学校の誰もが知っていた。ひろみの面倒を見ていたのは、かつての仕事仲間たちだったからだ。

ひろみは世界で一番自分の母親を憎んでいた。

昔の仲間たちは、帰ってきたばあちゃんにおかえりのプレゼントを渡した。油紙を開けてみると、中にはピンク色の宝石のついた指輪が入っていた。これだけは警察にも見つからず、持っていかれずに済んだのだと。

ばあちゃんはどんな思いで指輪を受け取ったのだろう。

その後ひろみは学校を卒業し、看護師になり結婚した。家は東京から埼玉になった。念願の別居、別姓だ。ひょっとしたら彼女が『結婚』に望んでいたのはそれだけだったのかもしれない。だが俺の父親にあたる一度目の夫はＤＶ野郎で、産後早々に離婚した。それでも彼女は頑《かたく》なに、実家に戻ろうとはせず、生活費だけを送り続けた。四十も半ばになった頃、彼女は俺の二人目の父親である中田さんと再婚した。掘削《くっさく》機械会社勤務で、インドネシアで十年油田開発に携わり続けている。今度の家は町田《まちだ》。東京と神奈川の境目あたりだ。

ひろみは変わらず、ばあちゃんとは別々に暮らし続けた。

風向きが変わったのは俺が中学二年の時だった。アパートの大家さんから、最近ばあちゃんの様子がおかしいとひろみに連絡が入ったのだ。今思えばあれが認知症の始まりだった。深夜にうろうろしたり、夜中に食事の支度をしたり、大声で独り言を言ったり。

都内の総合病院で働いていたひろみは、しばらく東京の介護施設の情報を集めていたが、結局集めただけで、夏にはばあちゃんを迎え入れた三人暮らしが始まった。長くはなかった。恐らく環境の変化が原因で、秋の終わりに病状が急変したのだ。ばあちゃんはひっきりなしに泣き叫び、壁に頭をぶつけるようになった。ひろみは自分の勤務している病院にばあちゃんを入院させ、仕事をおして面倒を見ていた。

俺が高校一年の夏に、ばあちゃんは病院で死んだ。ひっそりとした葬儀で、俺たちの他はお世話になったご近所さんがいるだけの式になった。ばあちゃんの昔の仲間が葬儀に出ることを、ひろみは頑として許さなかった。

それから三年。『抜きのハツ』の孫は、東京の大学に進学した。将来は国家公務員になって母親に楽をさせてやることをなんとなく夢見ながら、テレビ局でアルバイトをし、奇妙な偶然から、青い瞳の宝石商に出会った。

「大きな店に持っていかなかったのは、何かのはずみで母親に連絡がいくのが怖かったからです。若い男が一人で指輪を持っていったら怪しまれるかもしれないし、まだこんなものがあるって知ったらどんな顔するか」

「お母さまは指輪の存在を知らないのですか？」

「知ってたらきっともうとっくに、赤十字《せきじゅうじ》かユニセフに送ってるんじゃないかな……箪笥《たんす》の奥に隠してあるのを、ばあちゃんが俺にだけこっそり見せてくれたんです。家を出る時に回収しました。捨てられるよりはいいから」

リチャードはオンザロックでも飲むように、ゆっくりゆっくりミネラルウォーターを飲んでいた。俺のカフェオレは、残り三ミリくらいでどうにかねばっている。こんな話を誰かにするのは初めてだ。

「今のお話は、あなたがおばあさまから直接？」

「はい」

高校受験を機にやめてしまうまで、俺は小学三年から毎週空手を習っていた。先生は厳しかったけれど稽古は楽しかったし、何より最高だったのは、稽古の日には帰りが遅くなってもひろみが怒らないことだった。稽古が終わると、俺は電車を乗り継いでばあちゃんのアパートに遊びに行った。

俺はばあちゃんが好きだった。何故《なぜ》かひろみは盆や正月に会いに行くのも嫌がるし、小さな子どもにもわかるほどあからさまに母親を避けていたけれど、ばあちゃんはいつも俺に優しかった。小柄だけど力持ちで、怒ると怖くて、友達の家にいる『おばあちゃん』の雰囲気とは違ったけれど、いつ訪れても大喜びで俺を歓迎してくれた。

口癖は『悪いことをしたらいけない』、『むくいがあるから』。

いつも寂しそうな目をしていた。

掏摸をしていた話は、ばあちゃんの昔の仲間から聞いた。小学五年の頃、アパートからの帰り道、見知らぬおじいさんにいきなり、お前のばあちゃんはすごい女なんだぞと言われた。母には親代わりをしてくれた人がたくさんいることも、その時知った。その人たちがあまりまっとうな商売をしていないことも。『おつとめ』の話も。

「昔の話は、それから少しずつ聞かせてもらいました。俺がせがんだんです。指輪の話を聞いたのはもっとあとでしたけど、あの話も、俺しか知らないんじゃないかな……」

認知症のことなどろくに知らなかった俺にとって、ばあちゃんとの同居は夢のようだった。その頃のばあちゃんは俺のヒーローで、母親は家を空けがちなのに偉そうにする嫌なやつだった。

　中二の秋、高校は行かなくていいから働きたいと言った俺は、母親に大目玉をくらった。大学までは絶対に行かせるつもりで頑張っているのに、あんたがそんなんじゃどうしようもないと。かっとなった俺は、ばあちゃんみたいに逞《たくま》しく生きていくからあんたの世話にはならないと言ってしまった。ブチキレたひろみと俺は摑《つか》み合いになり、ばあちゃんが仲裁に入ってやっと止まった。ひろみは外に飛び出していった。

　ばあちゃんは顔中をぐしゃぐしゃにして泣いていた。

「怒られました。本当に怒られました。あの時のばあちゃんの顔も声もよく覚えてます。『私は悪いお手本だから、正義は絶対に真似しちゃいけない』って。その日に指輪の話を聞きました。ばあちゃん、ずっと泣きながら話してました。終わりまで話さないと許してもらえない呪いをかけられたみたいに必死で……すごく怖かったです」

　悪いことをしたらいけない。

　むくいがあるから。

　その晩ひろみは帰らず、朝は仕事場に直行して、次に顔を合わせたのは翌日の夕方だった。俺が謝ると、全部忘れてしまったような顔をして、山盛りのカレーを作ってくれた。結局そのまま大学まで行かせてもらっている。

葬儀の時、焼き場の煙を見ながら、ばあちゃんは何故指輪を処分しなかったのだろうと考えていたのを覚えている。

簞笥の下段の奥、隠し間仕切りの後ろには、指輪の箱だけではなく、刑務所の名前の入った囚人番号の札が置いてあった。あっちはそのまま、簞笥の中に置いてきた。

決められた罰を受けるだけで、心まで罪から解放されるならどんなにいいだろう。

「盗品の可能性が高いってところまで突き止めたなら、きっと指輪の取り引きの記録が残ってたんでしょう。俺、昔の新聞とか漁《あさ》って、飛び込み自殺未遂のことも調べたんですけど、全然駄目でしたから、そこまで期待はしてなかったんですけど」

「奇妙なことに一介の宝石商を使わないでいただきたいものです。よいものの記録は、古くても長く残ります」

「……やっぱりいいものなんだ。お願いです。この指輪の、元の持ち主の家を探してもらえませんか。どうしても返したいんです。昔のことはもう取り返しがつかないけど……」

ばあちゃんにとっても、この指輪にとっても、あるべき場所に戻るほうが、きっといい。

小学生の頃、俺は自分の名前があまり好きではなかった。道に迷っていたおじいさんを案内してあげたのをクラスメイトに目撃されて、さすが正義の味方クン、いい子だねとはやしたてられたのだ。死ぬほど恥ずかしかった。別にそんなつもりでやったんじゃない。

ちょうど空手の日だったから、俺はばあちゃんに打ち明けた。何で人助けをすると笑われるんだろうと。はやしたてられたことも。ばあちゃんは火のような目で俺を見た。怒られるのかと身構えたら、静かに笑って、俺の頭を撫でてくれた。

私は正義をほこりに思うよ――と。

あの言葉に俺は救われた。誰かの力になりたいと思うのは悪いことじゃない。でも今は別のことを考える。ばあちゃんの後悔。痛み。取り返しのつかない過去。

「お願いです。もう終わりにしてあげたいんです」

リチャードはミネラルウォーターのグラスを置いた。瞼《まぶた》に少しだけ力がこもり、表情が険しくなった。

「ここから先、私はあなたを取引先ではなく知人として扱うことにします。構いませんか」

「……どうぞ」

「では正義」

青い瞳がまっすぐに俺を見た。射抜くような力に、俺は背筋を伸ばした。

「アルバイトがあると言っていましたが、いつなら休めますか？　毎晩夜勤というわけではないでしょう。空きがなければ、適当な理由をつけて一日くらい休みなさい」

「……あの、どういう話ですか」

「会わせたい人がいます。場所は神戸《こうべ》」

「神戸って……あの神戸？」

「兵庫県の神戸です」

何でいきなり。俺のイメージは神戸牛と異人館で打ち止めだ。知り合いはいない。中高と修学旅行は京都奈良だった。

リチャードはじっと俺のことを見ていた。

ひょっとして、もう既に。

「……わかってるんですか。指輪のこと。元の持ち主のことが」

「都合がわかり次第、連絡をください。できるだけ早く。こちらから折り返し連絡します。お母さまも一緒にいらしても構いません」

俺はリチャードの青い瞳と、ピンク・サファイアとを見比べた。

半世紀前の東京で止まっていたままの時間が、音を立てて動いた気がした。


留守番電話が三連続したあと、やっと回線がつながった。

『どうしたの何度も？　風邪？　もしかしてオレオレ詐欺？』

「本物だよ。元気だって。ひろみも元気か」

『母親を名前で呼ばないの。ぴんぴんしてるわよ』

「ならいいけどさ」

暗黒の反抗期を抜け、長いデコボコ道を二人三脚するような高校時代を経て、今の俺とひろみは戦友のような付き合い方をしている。そこらの大学生と母親よりは、頻繁《ひんぱん》に連絡するし帰省するほうだと思うが、お互い何くれと世話を焼く感じではない。元気だったらそれでいい。よく帰るのは、留守がちな女一人のアパートには、若い男が定期的に出入りするほうが防犯上いいと思うからだ。でもあの家に盗むようなものはほとんどないだろう。家計が苦しい時でも、ひろみは毎月赤十字とユニセフに寄付をしている。質素な家だ。

「それより俺、明日そっちに帰る予定だったけどさ」

『あ、そうだそうだ。同僚が忌引《きび》きになっちゃってね、あたしが代わりに出ることになったのよ。帰ってきてもいいけどあたしいないから』

「……………」

リチャードはなるべく早く連絡してほしいと言っていた。

こんなことをどうやって話したらいいんだろう。ばあちゃんの過去の話題は、ひろみにとっては地雷も同然だ。まともに口もきいてもらえなくなるかもしれない。

それでも今を逃したら、きっともうチャンスはない。

「あのさあ……ばあちゃんの話だけど」

『何でそんな話になるの』

「いや、だから」

ばあちゃんの話。ばあちゃんの昔話。ひろみの大嫌いな話。

実家に帰れば、小さな仏壇はある。陰膳《かげぜん》も供えられている。でも遺影はない。

「ばあちゃんのこと、どう思ってた？」

『……どうって、実の母親よ』

「それはわかってるけどさ」

『あんたには関係ないことでしょ。もう何なの？　こっちは疲れてるのよ』

関係ない。

胃袋がすうっと冷えたような気がした。

そうだ。確かにこの世界には、絶対に許せない人間の像を胸に抱いた人がいる。多分そんなに少なくない。ひろみも間違いなくその一人だ。彼女にとって『許せない人間』は自分の母親だった。必要ならば食事はともにする。必要ならば世話をする。必要があれば口もきく。必要な時なら。

一緒に暮らしていることと心が家族であることは違うんだと、俺は彼女を見て学んだ。でも俺にとっては、ばあちゃんはひろみの他たった一人の肉親だ。父親より長い時間を一緒に過ごしてくれた相手で、何より俺の本物のばあちゃんだった。

それでも俺には関係ないって言うのか。

「……やっぱ明日は帰らないことにする」

『りょうかーい。それで？　用がないなら寝たいんだけど』

「わかった。おやすみ」

俺より先に、ひろみが通話を打ち切った。

通話ボタンを押した指で、俺はリチャードにメールをした。来月のバイトのシフトは未定なので、来月ならいつでも休めます、一番近い休みなら明日が空いてますと。最後の一文は余計だったかもしれない。

久々に緑茶でも飲むか、と思っているうちに返信が来た。異様に早かった。

『明日、午前十時、東京駅八重洲《やえす》改札口。必ず指輪を持参のこと』

末尾にはカタカナで『リチャード』という署名があった。気を回す部分を間違っている気がする。明日？　本当に？　いいのか？　そもそも神戸のどこへ？

取引先モードは終わったと言っていた。ここから先はお客さま扱いはしてもらえないらしい。

久しぶりに俺はやかんで湯を沸かし、茶をいれた。テーブルの上にはまだ指輪の箱が載っている。箱の蓋を開けて、供えるように湯呑みを置き、手を合わせたあと、俺は『了解』と返信して、熱い緑茶をぐっと飲んだ。

八重洲口で待っていたリチャードは、三分遅れた俺に「遅い」と無表情に言った。服装はグレーの三つ揃えだ。キャリーケースではなく革鞄を持っている。開襟《かいきん》シャツにジーンズで来てしまった俺がうろたえても意にも介さず、行きましょうと水色の切符と駅弁を握らせた。指定席券。博多《はかた》行。牛肉の佃煮《つくだに》といり卵の載った弁当は、飯の一粒一粒までがうまかった。

呆然《ぼうぜん》とする俺の隣の窓側に座り、宝石商は背広をフックにかけた。イチゴとメロンと黄桃の入った異様にうまそうなフルーツサンドを頬張っていると思ったら、いつの間にか眠り込んでいる。めっちゃかっこいい、という黄色い声に振り向き、あっすみませんあなたじゃないんですと苦笑いする顔と何度ぶつかっただろう。腹立たしいので『うっかり』小突いて起こしてやろうかとも思ったが、大人げなさすぎるのでやめた。きっと夜遅くまで今日の調整をしてくれたのだろう。

新幹線の新神戸《しんこうべ》駅についた時には午後一時をまわっていた。目覚めたリチャードはすっきりした顔をしていた。当然のようにタクシーに乗り、運転手に住所を手渡す。

「二十分程度で到着します」

「……今更ですけど、誰に会いに行くんですか」

「会えばわかります」

起こしてやればよかったかもしれない。

タクシーは駅をあとに走り始めた。十分もゆくと、不思議な一角に差しかかった。巨大な庭付きの戸建てばかりが並んでいる。どれも古い西洋建築のように見えた。いわゆるお屋敷町とか、外国人町というやつだろうか。

極彩色の花の咲き乱れる庭園の前で、タクシーは止まった。

ここなのか、本当にここなのかという俺の小声の問いかけもむなしく、リチャードは支払いを済ませタクシーを降り、門の横のインターホンを鳴らした。頭上に見える監視カメラがキュインと音を立てて動き、オートロックの門が開いた。こちらへとリチャードが振り返った時、俺は腹をくくった。もう流れに身を任せるしかない。

水彩画家のパレットのような庭には、緑のかおりが充満していた。パンジーを寄せ植えした植木鉢《ばち》、アーチにからみつく淡いピンクの蔓薔薇《つるばら》、家より古そうな桜の木。その他俺には名前のわからない青い花、花びらのまるい赤い花、八重《やえ》咲きの白い花。純洋風の二階建てへ続く石の道が、植物の間を蛇行するように敷かれていた。屋敷の玄関につくと、扉はあっけなく開いた。

「はあーい。あらあ？」

四十代くらいの品のいい女性は、宝石商の姿を見ると、リチャードさんじゃないのと笑った。顔見知りのようだ。長い髪に麦わら帽子、黄色いエプロンをつけている。これから庭いじりをするようだ。

「日本にいらしてたのね。今日は主人と約束？」

「ご無沙汰しております。大奥さまとのお約束で参りました」

「お義母《かあ》さんの……？　何かしら。こちらの若い方は？」

「大奥さまのゲストです」

「あらそういえば……そうね、今日はお義母さんにお客さまが見えるって話だったわ。あなただったの。てっきりお茶の先生かと……あらまあ。あらまあ」

頭を下げた俺に、あらまあを連発していた女性は、宮下《みやした》きみこですと名乗った。

「大丈夫よ、入って。今お茶を持っていかせますね」

扉の内側には、広い庭にぴったりの世界が広がっていた。壁には油絵。陶器の花瓶には見たことのない花。探せばどこかにメイドさんもいるかもしれない。

「こっちです。どうしました」

猛烈に洋館がはまる男に促されるまま、会議室のように広いダイニングを抜け、奥の部屋へ進むと、リチャードは鏡の前で服装を整え、俺のほうをちらりと見た。同じことをせよという意味らしい。慌てて髪の毛を撫でつけていると、リチャードは厚い扉をノックし、お手伝いさんのような若い女性に、お約束の相手を連れてきましたと告げ、一礼した。

リチャードに続いて、俺は扉の中に入った。

部屋は白かった。

レースのカーテン。毛足の長い、まるい絨毯《じゅうたん》。白いカバーのかかった大小のソファ。窓辺の小さな置物。微かに甘い花の香り。

真ん中に車椅子の女性。

「ようこそ。宮下妙《たえ》です。座ったままでごめんなさいね」

きれいなおばあさんが、車椅子に座っていた。白いブラウスの上に、若草色のカーディガンを着て、半ば以上白い髪を鼈甲《べっこう》の髪飾りでふんわりとめている。脚の上にレースのひざ掛けをかけていた。七十近くにはなるだろう。小さな人だ。

リチャードは深く膝《ひざ》を折り、女王陛下に拝謁《はいえつ》を賜《たまわ》る騎士のように頭《こうべ》を垂れた。

「またお会いできて嬉しく存じます。お約束の品物を届けに参りました。正義、こちらへ」

「……はじめまして。中田正義です」

頭を下げながら、口と目をぱくぱくさせている俺に、宮下さんは微笑《ほほえ》んだ。

「リチャードさんからお電話で話を聞きました。わたくしのこと、あなたはご存じですね」

この人が。

両家に義を通すため路面電車に飛び込んだ、ばあちゃんに指輪を掏《す》られたご令嬢——ただし、半世紀くらい前の。

「正義、宮下さまにあなたのおばあさまの話を。この前の喫茶店より、もう少し手短に」

「ゆっくりで構いませんよ。正義さん、お好きな椅子におかけになってくださいな。リチャードさん、お暇ならお庭をご覧になっていてください。蔓薔薇の最後のところがまだきれいですから」

「お邪魔でなければ、ここにおります」

宮下さんはにっこりと笑った。いいのか、本当にいいのかと、俺はリチャードの顔を確認した。宝石商は何を今更という顔をして、小さく顎《あご》をしゃくった。

布張りのソファに腰掛けると、宮下さんはスーッと車椅子を滑らせて、俺の隣に来てくれた。ぬけるように白い肌に、やわらかな微笑みを浮かべて。

俺はばあちゃんの昔話を、もう一度語った。

どうして掏摸になったか。どんな人だったか。どれだけ苦しんだか。どんな風に俺に優しくしてくれたか。ばあちゃんの後悔とお詫びの気持ちがわかってもらえるように。でも言い訳がましくならないように。

うまくいった自信はないけれど、宮下さんは、俺の話を黙って聴いてくれた。骨ばった手で、ずっと俺の手を握り、何度も頷き、涙をぬぐいながら。

偶然会ったリチャードに指輪を託したところまで語ると、部屋の鳩時計が軽やかに鳴いた。二度目だった。三十分に一度鳴くらしい。まる一時間が過ぎていた。リチャードを振り返ると、さっきの女性と二人、部屋の出入り口で黙って俺たちを見ていた。お手伝いさんはコーヒーの載ったお盆を持っている。宮下さんが目で留めていてくれたらしい。

「……片倉《かたくら》さん、お水をくださいな。いやあね、たくさん目から出ちゃった」

「正義、話が長すぎます。奥さま、あまりご無理をなさらないでください」

「いいのよリチャードさん。今の今まで命が続いてきたことに理由があるなら、きっと今日のためでしょうから」

宮下さんが花柄のティーカップで水分補給をする間、俺は立ち上がってコーヒーを受け取り、喉《のど》を潤《うるお》した。生ぬるくなっていた。この二日間で、一生分口を使ったような気がする。それも墓場まで持っていくことになるかもしれないと思っていたことを。ほぼ初対面の相手と、本当に初対面の相手に。でも思い出の中では、ずっと前から知っていた人だ。

カップを返し、立ったままぼうっとしていると、リチャードが俺の肩をこんと小突いた。

そうだ。指輪を。

俺は鞄から宝石箱を取りだし、ピンク・サファイアの指輪を宮下さんに見せた。

宮下さんはふんわりと笑って、そっと右手を差しだした。俺が指輪を手の平に載せると、左手の指でつまんで、すずらんの形をしたシャンデリアにかざした。きれいに削られた宝石が、本当の持ち主の手の中で、きらきらと輝く。

宮下さんは満足そうに微笑んでいた。

そして再び、指輪を俺の手に戻した。

「これはあなたが持っているべきものです」

目を剝いた俺に、宮下さんは座ってくださいと促した。

そして今度は、彼女が長い話を始めた。

高度経済成長期まっただ中の東京。まだ肌寒い四月のこと。妙さんは今年で六十八歳だと言ったが、当時の彼女は二十歳で、名前は宮下ではなく上村《うえむら》妙、しかも二カ月後にはまた別の名字の妙になる予定だった。戦後に食料品の輸入業を興《おこ》した彼女の家は、創業時こそとんとん拍子にことがはこんだものの、好景気に色気を出しすぎて、気づいた時には相場で大失敗、借金を重ね、一家心中か夜逃げかというところまで追い込まれていた。得をする人間がいれば損をする人間がいるのは今も同じだ。

窮状《きゆうじよう》を脱するため、彼女の父親が編み出した起死回生の策は、敵対企業の買収を受けることだった。父親が代表取締役の椅子を死守するための根回しとして、彼女は相手の社長に嫁入りを命じられる。三十も年上で、何人も愛人を囲っている男だった。

何一つとして始まらないうちに、人生が終わってしまう気がしたと、妙さんは語った。ピンク色の宝石のついた婚約指輪は、外国で手に入れた珍しいものだそうで、きっとこれが女の一生の値段なのだと思ったと。

妙さんは一人で彷徨《さまよ》うように、銀座を歩いた。デパートで働く女性たちを眺め、新橋あたりまで歩いたあと、山手線に乗った。家とは反対方向だった。

無闇に何駅か乗りすごし、ふらりと降りると、左手の指輪がなかった。

「今でもあの瞬間を、昨日のことのように思い出しますよ。少しも、ほんの少しも悲しくなかった。宝石に罪はないけれど、わたくしにとってその指輪は鎖のついた首輪でしたから」

誰かが籠《かご》の扉を開けてくれたような気がしたと、妙さんは笑った。

もちろん笑い話で済むようなことではなかった。家の中は騒然とし、なんてことをしたんだと父親は妙さんをぶった。それでも悲しくならなかった時、妙さんは自分の親不孝を悟ったという。家族全員が不幸になるよりも、自分一人の不幸に耐えられないのだと。

「どの道もう家の役には立てそうもないし、生きていても仕方がないと思ったから、その次の日また同じ駅で死んでしまおうと思ったんです。でも飛び込んだのに、脚を片方挟まれただけで死ねなかったんですよ。助けてくださった方には奇跡だと言われましたけれど、その日からわたくしは家一番の厄介者になりました。婚約は破談だし、右足は動かなくなりました。病院の狭い部屋に押し込められて一生出してもらえないかと思った。でもね、そこでお世話になった上方訛《かみがたなま》りの可愛《かわい》いお医者さんが、わたくしを気に入ってくださったんですよ」

人生何が起こるかわからないでしょう？　と微笑む妙さんは、本当に幸せそうに見えた。息子が生まれて、今はお嫁さんと一緒に暮らしていて、お孫さんは小学生で。

こんな顔。

俺のばあちゃんは、死ぬまで一度も。

呆然としている俺に気づくと、妙さんはどうしましたと首をかしげた。すみませんと頭を下げて、俺は胸の中のぐちゃぐちゃをどうにかまとめようとした。手の平の上では、受け取ってもらえなかったピンク・サファイアの指輪が光っている。

「…………ばあちゃんは、この指輪をずっと持っていることで、自分を許さないって決めていたんだと思います。でも俺は…………ばあちゃんが好きなんです。もう終わりにしてやりたいんです。お願いです。もらってくれませんか」

それっきり、俺が何も言えずにいると、妙さんは俺の名前を呼んだ。お手伝いさんは途中で何度も中断させようとしたが、妙さんは構わず話し続けた。

「正義さんは、宝石がお好きですか？　リチャードさんみたいにお詳しいの？」

「いえ、なんにも……この指輪しか知らないです」

そう、と妙さんは柔らかく微笑んだ。

「あのね、宝石にはそれぞれ『宝石言葉』というものがあるのですよ。ダイヤモンドなら『永遠』とか、エメラルドは『明晰《めいせき》』『喜び』とか。お国や、時代によって、同じ石でもいろいろなものがあるそうですけれど」

ねえ、と妙さんはリチャードを見た。宝石商は有能な執事のように応じた。

「わたくしの好きなピンク・サファイアの宝石言葉は、何でしたっけ？」

「『弱者への正義』かと」

正義。

俺がぽかんとしていると、妙さんはそっと俺の顔に手を伸ばし、頬を撫でた。

「あの時代、あなたのおばあさまもわたくしも、わたくしの家族も、あなたのお母さまも『弱者』でした。でも誰も助けてはくれませんでした。唇を噛《か》んで耐えるしかなかったんです。今だって本当に苦しい人はそうして耐えているでしょう」

「……でも、ばあちゃんのせいで」

「天命だったのです。恨んだことはございません。正義さんは、どうか弱い人を助ける人であってください。困っていたリチャードさんを助けてあげたように。それが正しいことです。これから先、その宝石を見たら、わたくしのお願いを思い出してください。それから、おばあさまのご仏前に伝言をしていただけますか。『ありがとう。肩の荷を下ろして、ゆっくりお休みになってください』と。必ず」

よろしくお願いしますねと妙さんは微笑み、さあ終わりましたよと、お手伝いさんにいたずらっぽく会釈した。

屋敷を出るまでは恥ずかしかったので耐えた。かなり頑張った。それでも俺は屋敷を出るなりぼろぼろ泣いてしまった。情けない、しゃっきりしなさいと呆《あき》れつつ、リチャードは高そうなハンカチを貸してくれた。タクシーの運転手さんは戦々恐々としていたが、泣く男とモデルのような外国人に声をかける度胸はなかったらしい。面目ない。

まともに周りの景色を見られるようになったのは、新神戸駅についてからだった。

「食べますか」

リチャードは俺に中華まんじゅうを差しだしていた。関西のチェーン店の紙袋に、小分けされた中華料理がぎっしり入っている。半分以上は冷凍食品だ。

「一番売れているのはこの豚まんだそうです。飽きがこないとか」

「…………どこまで知ってたんだ?」

指輪の話、と俺が尋ねると、リチャードは無造作に中華まんを頬張った。スーツのイケメンも立ち食いをするのかと驚いていると、自分の思考の俗っぽさに涙が引いた。食べ終わるとリチャードは喋り始めた。

「宮下さまのご家族とは何年も前からのお付き合いです。大奥さまの数奇な人生に纏《まつ》わる宝石についても伺ったことがありました。あなたの指輪を見た時まさかとは思いましたが、鑑別に回した専門家の話でも、石の研磨や指輪の作成の年代が、大奥さまの話と合致します。そもそも日本にこの年代のパパラチアがある時点で間違いないと判断しました。写真を宮下さまに送ったところ、大奥さまからすぐに、その方と是非お会いしたいと」

「パパ……何？」

「パパラチア。独特のオレンジがかったピンク色のサファイアを、そう呼びます」

「パパパパ、パパラッチ……？」

「パパラチア。シンハラ語で『蓮《はす》の花』。スリランカの言葉です」

スリランカ。高校の地理で、チラッと名前を聞いたような気がする。ピンとこない俺の頭の中身も、リチャードはお見通しのようだった。

「インド洋の東側にある島国です。首都の名前が長くて有名ですよ」

俺が中華まんを食べ終わる頃、リチャードは明後日の方向を向いたまま喋った。

「……私事ですが、私の祖母はスリランカのラトゥナプラという町の生まれです。一九五十年代の産出以来、近年までパパラチア・サファイアはこの町の鉱山以外では全くとれませんでした」

じゃあ、この石も。

確かめるような視線を向けると、リチャードは無言で軽く頷いた。

俺のばあちゃんの指輪。リチャードのばあちゃんの故郷でとれた石。

「実に興味深いことです。スリランカでとれた石が、ヨーロッパで磨かれ、遠く日本に流れ着くとは。日本式に言うのなら、『これも何かの縁』でしょうか」

帰りの新幹線の発車後、俺は財布を開き、怪訝《けげん》な顔をするリチャードに、切符に印刷された金額かける二を突きだした。

「交通費。さっきクレジットカードで払ってただろう」

「いつも贔屓《ひいき》にしてくださる宮下さまたっての頼みです。慈善事業ではありません」

「関係ないって。こういう時のためにバイトしてるんだ」

「あなたは律儀というより頑固な人ですね」

「性分だよ。この国には『仁義』ってスピリットがあるんだ」

「ご覧の通り私は外国人でして、この国の文化風物には疎《うと》いのです」

よく言うよと俺が苦笑すると、リチャードは澄ました顔をした。平行線の会話をひとまず切り上げ、俺は一つ、どうしても気になっていたことを尋ねた。

「二度目の喫茶店で、『盗品の可能性がある』って言っただろ。なんであんな遠回しなことを言ったんだ？　全部わかってたなら、いらない手間だろ」

「あなたがピンク・サファイアの鑑別を依頼した本当の目的が、あの時はわからなかったからです」

「目的？」

リチャードはキオスクで買ったペットボトルの水を一口飲み、淡々と語った。

「最近は日本の宝飾品をインドや中国で転売するビジネスが人気ですが、彼らは鑑別書のない高額の石にはおいそれと手を出しません。文字通り玉石混交の市場ですから」

「……ばあちゃんの形見だって話はしただろ」

「大抵の詐欺師は『形見だ』『家宝だ』と言います。そもそも実際一度は盗まれた指輪です。質に流れて無関係な他人の手に渡っていると考えるのが妥当でしょう。九十九パーセント、あなたは宮下さまとは無関係で、来歴のよくわからない指輪の処分に困っている赤の他人です。逃げ道を残した尋ね方をすれば、悪意のある人間は言い逃れをしますし、何も知らない人間は慌てて否定するものです。もちろんバカのつくようなお人よしの反応までは読めませんでしたが」

「…………」

「試金石という言葉がありますね。あの言葉の真意はそれです」

「……やっぱ、今日の切符代は、ありがたくいただいとくわ」

リチャードは目を細めた。ちょうど横を通りかかった車内販売のお姉さんの声のトーンが、やたらと高くなったのは偶然ではないだろう。クラシックな顔立ちの猛烈に美しい男は、横を向いて眠るように座席に腕をつき、通路側の席にいる俺の顔を覗《のぞ》き込んでいた。

「そのくらい可愛げのあるほうが、もっと楽に生きられると思いますよ」

正義の味方さん、と再び俺を呼び、リチャードは瞳を細めて笑った。いくらか得意げに見えた。一言ひとこと、噛んで含めるような声だった。

俺が言い返す前に、リチャードは寝ますと宣言して通路に背を向けた。本当にすぐに眠りこみ、東京駅まで起きなかった。よっぽど上着に交通費を突っ込んでやろうかと思ったが、周囲の人にあらぬ疑いをかけられても困るのでやめた。

プラットホームで別れる時、リチャードは俺に中華料理の入った紙袋を押しつけた。こんなものまでもらえないと言うと、宝石商は最後にもう一つ、不思議なことを言った。

「一人で食べろとは言いません」

「……えっ、あんたと？」

「違います」

一度実家に帰ってみろと、リチャードは俺を諭した。単純に、母に今日のことを報告しろ——という意味ではないらしい。

「まだ話すべきことがあるはずです。多分あなたが思っているよりも多く」

それでは失礼しますと言い残して、スーツの宝石商は人ごみの中に消えていった。

奇妙な魔法をかけられたような心地のまま、俺は中央線で新宿駅まで行き、小田急《おだきゅう》のホームに向かった。東京と神奈川の境目にある町までは、せいぜい四十分だ。

　ずらりと中華料理が並んだ食卓が目に飛び込んでくると、ひろみはわーっと声を上げた。こういう時のリアクションは俺より子どもっぽい。

「すごいじゃない、何よこんなに買っちゃって。食費は足りてるの」

「足りてるよ。バイトしてるし」

「バイトのために大学行かせてるんじゃないからね。勉強しなさい」

　ひろみの夜勤が終わる頃に、俺は大量の肉まんと点心を温めた。ちまき。シュウマイ。小籠包《ショーロンポー》。チンジャオロースに中華まん。野菜が足りないので、久々に行く近所の業務用スーパーでたたき売りの小松菜を買った。オイスターソースをぶちこんで炒めてしまえば大体何とかなると、俺はこの家で高一の時に学んだ。

「……あのさ、ひろみ」

「呼び捨てにしないの。何よ」

「これ知ってる？」

　俺は鞄から出した宝石の箱を、テーブルの上でかぱんと開いた。中華に興奮していたひろみの表情が、すーっと冷たくなった。

彼女は何も知らないと、昔の俺は信じていたけれど、四十年以上ずっと隠しておけるものだろうか。

今日、家を出てから初めて、箪笥の一番下の隠しを開けた。囚人番号の札がなくなっていた。

俺が黙っていると、ひろみはぽつりと零《こぼ》した。

「知ってたわよ。家を出る時あんたが持っていったのも。持ってればいいじゃない。別に惜しくないわよ」

「……ご令嬢の話は？」

「一応。中田のお父さんにはしてないけど」

「知ってたのに捨てなかったんだな」

「捨てられるものと捨てられないものがあるでしょ」

残りのチンジャオロースを全部茶碗に盛って、ひろみは牛丼屋の客のように一気にかきこんだ。昔ばあちゃんと俺とひろみと、三人で食べに行ったことがあったっけ。中学三年の冬。たった一度だけ。俺の高校の合格祝いだった。

「……俺の名前をつけたのって、ばあちゃん？」

「なんで？」

「何となく」

俺の名前。『正義』。犯罪者の母に向けた、娘からの最大のあてつけ。小さい頃から、そんな風に思っていたけれど。

「別におばあちゃんだけじゃないわよ。あたしもいいなって思ったもの」

――やっぱり。

俺は内心、深い深い息をもらした。

ひろみは何でもないような顔をしていた。大喧嘩《おおげんか》の翌日、カレーを作ってくれた時と同じだ。ばあちゃんに俺の名前を決めさせた？　本当に？　ならどうして。

「どうして許してあげなかったんだ？」

茶碗と箸をテーブルにおいて、ひろみはお茶をぐっと飲んだ。

「……家族っていうのは許すとか許さないとかじゃないのよ。否応《いやおう》なしに血がつながってるんだから。女一人だったらあの人はよっぽど楽に暮らしていけたわよ」

「そんなことないだろ。ばあちゃんだって家族がいたから」

「わかってるわよ」

わかってるって、何がだ。

ばあちゃんは家族がいたから、娘がいたから頑張った。長い間二人分食い扶持《ぶち》を稼いだ。そして刑務所に行った。社会的には許されないことをしていた。でも――多分――自分の選択を悔やみこそすれ、やり直したいとは、思わなかったんじゃないだろうか。

だってそうでもなければきっと俺の母親は、今ここでこうしてはいないだろう。

一番わかっているのは、他でもないひろみのはずだ。

ばあちゃんは冬に入院して夏に死んだ。半年の間、毎日毎日ほとんど病院で暮らしていたひろみは、ばあちゃんを一人ぼっちで死なせようとはしなかった。あんなに冷たくしていたのに今更何だよと思ったこともあったけれど、あの頃のひろみの鬼気迫る顔つきは、そういう焦りや、後悔とは違って見えた。

使命感に駆られているような。

厳しい修行を完遂《かんすい》しようとする、お坊さんのような顔だった。

中華の並んだテーブルを見ながら、できるだけいつもと同じ顔でいようと、瞼をひくひくさせているひろみが、小さく溜め息をついた時、俺は意を決して尋ねた。

「ひろみは……母さんは、ばあちゃんのこと、本当に恨んでたのか？」

「駄目なものは駄目って話よ」

「犯罪は犯罪ってことか」

「大体そういう話よ。あんたにも長いこと気をつかわせちゃったわね」

「大体って言われても……だからどういうことだよ」

「だから……あたしだけはあの人のやったことを許しちゃいけないのよ。絶対」

俺が目を吊り上げると、ひろみは口を引き結んだ。泣きそうな顔だった。

「あのねえ、つらい事情があるのは世界中の誰だってみんな同じことでしょう。どんな理由があったって泥棒は犯罪なのよ」

「それは、そうだけど、でも本当に必要なら、やるだろ！　他に方法がなかったら」

「じゃあ、あんたは他に方法がなかったら誰をいじめてもいいって言うの。電車の中で財布をとられて途方にくれている人に、小さな娘のいるシングルマザーのしたことだから許してくださいって言えるわけ。性質の悪い常習犯なのに。掏摸の手口を教えてもらった若いちんぴらが『あんたの母親は正義の味方だ』なんて、悪びれずに娘に言ってるのに」

ひろみは叫ぶように言った。いつもと違うのはぼろぼろ泣いていることだった。俺は自分の目を疑った。泣いているのはひろみだ。他の誰かじゃない。でも。

この家のこの場所で、ばあちゃんはぼろぼろ泣いていた。

俺の母親そっくりの顔で。

ばあちゃんは『正しいお手本』ではなかった。でも大切な人を守りながら生きていた。

やらなければ死んでいたかもしれない。それを完全に間違ったことだと言いきれるのは、きっとばあちゃんと――ばあちゃんの大切な娘だけだ。

「あたしが、あの人の稼ぎで食ってたあたしが、にこにこしながら『ありがとう』なんて万が一でも言ったら……それこそ浮かばれない話よ」

「…………」

「正義、ティッシュ取って」

テレビの上のティッシュ箱を渡すと、ひろみはびーっとはなをかみ、荒っぽく目元をぬぐった。丸めたティッシュをごみ箱に放り込み、無造作にシュウマイを食べ、あーおいしいとそらぞらしく言う。俺は彼女が三十五歳の時の子だ。できるとは思っていなかった子どもだったのかもしれない。それでも彼女は俺を産んで、育ててくれた。俺が小さい頃から彼女はずっとこういう人だった。どんな時もパワフルで、意地っ張りで、頑張り屋で。いつも何かと戦っているような人だと思っていた。

「…………中華、うまい？」

「ん。めっちゃうまい。どこで買ったの？」

「新神戸」

「あーそのお店知らない。でも炒め物はあんたのでしょ。オイスターソースの味なのよね、絶対。おいしいもの食べると疲れが吹き飛ぶわ」

「……今度帰ってきた時に、いろいろ話すわ」

「急ぎじゃないならそうして。今日は疲れちゃった」

「うん」

別に一度に全部の料理をテーブルに載せなくてもいい。俺にとって家族というのは、こういうよくわからない雰囲気をよくわからないまま一緒に抱えていてくれるものだから。

ばあちゃんがいた頃も、今も。

仏壇に供えた料理を二人で分配する前に、俺は一度鈴《りん》を鳴らし、合掌《がっしょう》した。手を合わせる時には少し力を抜いて、蓮の花のつぼみのようにするんだよと教えてくれた人に。

長いメッセージを思い浮かべたあと、目を開けると、隣で母も手を合わせていた。


四月のおわり、俺は銀座の七丁目界隈《かいわい》を歩いていた。中央の目抜き通りを通過して、古い銭湯の横を抜け、レトロなビル街の方向へ。このあたりのほうが俺は落ち着く。

メールで送ってもらった地図を見ながら歩き、たどり着いたのは七階建ての雑居ビルだった。目的地は二階だ。階段を上がった場所にあるインターホンを押すと、かちりと音がして扉が開いた。電子ロックのようだ。

どうぞという声が聞こえた。

「迷いませんでしたか」

「いや、わかりやすかったです」

金髪碧眼《へきがん》のスーツの男が、がらんとした部屋の中に立っていた。この部屋だけなら十二畳くらいだろうか。正面奥にはしっかりしたドアノブのついた扉が、右奥にはトイレか何かへ続く通路があった。左側の窓寄りには、ゆったり座れそうな一人掛けの赤いソファが四脚、その間にアタッシェケースの置かれたガラスのローテーブルが一つ。壁には横文字の本の入った本棚。蛍光灯はオフィスのような明るい白だが、何だか一つしかテーブルのない喫茶店のような雰囲気だ。

俺は持ってきた手土産をかかげた。

「大学の近所のケーキ屋、そこそこ有名でうまいんです。焼きたてが一番なんですけど、よかったら」

「お気遣いをいただいて恐縮です。それで買い取りの件は？」

神戸での冒険の翌々日、俺のスマホはリチャードから二通目のメールを受信した。石の鑑別結果が出たので、ペラ紙になるが渡すものがあるという。とてもよい品物なので、俺の都合さえよければ買い取らせてもらいたいとも。悪い値段ではないらしい。

「……返事はわかってると思いました。ここに来たのは支払いがしたかったのと、会ってお礼が言いたかったからです。あの指輪を手放す気はありませんから」

「なるほど。こちらも予想通りです」

予想通り?

リチャードはテナントをぐるりと見回してから、俺の顔を見た。

「提案があります。以前から、日本でのベースキャンプになる場所が欲しいと思っていました。宝石を陳列するための店ではなく、お客さまと話をするための場所です。さしあたり土日に使う予定でいます」

「ここに店を出すってことですか?」

「その通り。アルバイトを募集しています。定員一名。業務内容は雑用。主に店舗の掃除。せいぜい月に十回といったところでしょうか。服装規定は、ラフすぎるものでなければ特にありません」

宝石屋でバイト。

遠慮せず給料の額面を尋ねると、リチャードはテレビ局の夜勤よりかなりぶっとんだ金額を提示した。

「いかがです」

リチャードの目は返事を迫っていた。今決めろということか。まあ、それくらいの好条件ではある。

でもそれは俺の都合だ。

「俺でいいんですか？」

「あなたは一度も部屋の掃除をしたことがありませんか？」

「いや、ありますけど……宝石店でしょう？　俺、素人ですよ」

「売るのは私、お客さまと話すのも私です。時々文房具のおつかいに行ってもらったり、郵便物を投函《とうかん》してもらうこともあるかもしれませんが、その程度です。やり甲斐《がい》を求めるなら不向きかもしれません」

「日本だと、女性の店員さんのほうが多い商売だと思いますけど」

「よく知っていますが、個人的な理由で女性と二人きりになるのは控えています」

ああ、そういう事情か。俺が変な顔でうんうんと頷くと、リチャードは微かに眉根を寄せた。

「何です」

「……俺にはわからない苦労があるんだろうなって……ものっすごい顔してるでしょう。

イケメンとかハンサムとか美男とか美人とか、いろいろ言葉はあるけど、全部しっくりこないな。何て言えばいいのか。『そこにあるだけでいい』って感じの……」

「はあ」

喉まで出かかっている。俺はこの感覚を知っている。何か。このリチャードという男は何かに似ている。他の誰かの名前じゃない。何か。どの角度から見ても完璧な。全く別のものに。

そうだ。

「宝石！　生きた宝石だよ！」

しっくりきて、一人指さし大納得して、とても気分がよかった——のは二秒か三秒だけだった。とんでもないことを言ってしまったと気づいた俺は、慌てて自分の手を下げた。

すみませんでした、と頭を下げると、お気になさらずとリチャードは言った。

「あの……ともかく俺、そんなに器用じゃないんで、気を回してもらう必要はないです。もっとお店にぴったりの人がいると思います」

「私はそうは思いません」

即答。俺が目を見開くと、リチャードはにこりと笑った。光にかざした宝石の輝きのような微笑みだった。

「あなたにお願いしたいのは、正直誰にでも任せられるような仕事ですが、だからこそ私の選んだ相手以外には頼みたくありません。石の専門家が欲しければアルバイトなど募集しませんよ。宝石は手に取って慈《いつく》しむことができる物体ですが、美の概念は四角四面《しかくしめん》に計れるものではありません。美しさは千差万別、幅広く、豊かなもので、そこに気づくことができるのは才能です。その点あなたは美を愛《め》でるという能力を既に持っている。誠実さもお墨付きです。適切で暇を持て余した人材を知っているのに、求人に手間をとられるのは愚かでしょう」

「…………ん？　ん？　ちょっと待てよ、つまり俺があんたのことを」

美しいって思っているから採用したのか。

リチャードは何も言わず、呆れたような顔をした。そうか、ばあちゃんの宝石を大事にしてるところを買われたのか。大分恥ずかしい勘違いだ。宝石商はくいっと眉を上げた。

「それで返事は？　イエス？」

「願ってもないです。やっぱりリチャード『さん』って呼んだほうがいいのかな」

「何故です」

「上司の名前を呼び捨てにしていい職場って、あんまりないよ」

「多寡《たか》の話をするならば、同僚を名前で呼ばない職場のほうが少ないですよ」

「ああ、世界の話か」

「その通り。そしてこの部屋もまた、広大な世界の一部です」

よろしく、とリチャードは手を差しだし、軽い握手のあとアタッシェケースからクリアファイルを二つ取りだした。

一枚目には、ばあちゃんの指輪の鑑別結果の紙。〇・三八二カラット。ピンキッシュオレンジ。間違いなく本物。もう一枚はアルバイトの契約書。

「約款《やっかん》にはきちんと目を通してください。入ってもらう保険もあります。押印は後日。サインでも構いません。ところで今日はまだ時間がありますか？　簡単な研修を受けていただきます」

俺が頷くと、ではとリチャードは上着を脱いで立ち上がった。研修。にわかに緊張した俺の前で、店主はアタッシェケースを探った。オレンジ色の箱が入っている。あの中にも宝石がたくさん入っているのだろうか。そのまま通路へ入ってゆくと、驚いたことに小さな厨房《ちゅうぼう》があった。大きなシンク。ガスレンジは二つ。天上から吊られた赤い片手鍋。大きな冷蔵庫。小規模なら飲食店もできそうだ。

リチャードは鍋をとると、冷蔵庫から牛乳パックを取りだした。五百ミリリットル。成分無調整。平和な牛の絵。

「ロイヤルミルクティーのいれ方を、覚えましょう。シンプルです」

オレンジ色の箱の中身は、宝石ではなくまるごと茶葉だった。持ち歩くべきものなのかそれは。

湯を沸かした鍋に、でかいプラスチックスプーンてんこもりの茶葉を叩きこみ、強火でぐつぐつさせ、紅茶の色が出てきたところでミルクを投入、煮立った泡が鍋の縁《ふち》までぼわぼわ迫ってきたところで火を消す。コンロのつまみをガチガチ動かす手つきのおかげで、俺は初めてこの生きた宝石も人の子なんだと思えた。

ガス台の隣の食器棚には、丸いプラスチックのお盆が一つと、飾りけのない白いティーカップが四つ入っていた。全部同じデザインでソーサー付き。奥のほうを見ると、足のないきりこ細工のグラスが幾つも入っていた。

お盆に載せた二つのカップに、かわるがわる茶こしをかざして、リチャードは鍋からミルクティーを注いだ。冷蔵庫の中に入っていたグラニュー糖の袋から、一杯に一匙《さじ》ずつ砂糖を入れてかきまぜる。最後に冷凍庫から氷を一つずつ、静かに投入し、元来た道を戻った。俺がおっかなびっくりアタッシェケースをローテーブルからソファに移動させると、リチャードは目礼した。

「飲みなさい」

「どうも……」

緊張の面持ちで、ソファに座って一口飲んで、俺は唸った。

「うっま！　何だこれうまい！」

「これが本物のロイヤルミルクティーです。あとは、本物では、ない」

ホンモノデハ、ナイ。

リチャードの言い方がおかしくて、俺は小さく噴き出した。何ですとリチャードは眉根を寄せた。

「……もしかして、交番のお茶に口をつけなかったのは『本物ではない』から？」

「冒瀆《ぼうとく》的な味のするものを摂取する気にはなれません。ペットボトルに入れた瞬間、お茶は死にます」

「死にますって」

「あれはひとの飲み物では、ない」

よろしいですか正義と、新しい上司は俺の名前を呼んだ。リチャード・ラナシンハ・ドヴルピアン。日本語堪能なイギリス人。祖母はスリランカ出身。絶世の美男。ロイヤルミルクティー過激派。

こんな奇妙な生き物が、俺と同じ世界にいるのか。

テレビ局のバイトのシフトを減らす時、俺はゼミの友達に声をかけられた。どうしたんだよと尋ねる声は笑っていた。

「つきものが落ちたような顔してるから」

大分変わったよ、と言われた。

俺から落ちた『つきもの』は何だろう。ばあちゃんの未練か、それとも俺の母へのわだかまりか。

時々俺は、カラーボックスの中に隠した指輪を取りだして、光にかざしてみる。可愛らしい色の中に不思議な深みがあって、見ていると引き込まれそうになる。これからどんな風に自分が生きてゆくのか、まだ見当もつかないけれど、この明るい輝きを見ていると不思議と気が楽になってくる。たとえどんなに波瀾万丈《はらんばんじょう》な苦難の人生が待ち受けていたとしても、ばあちゃんや宮下さんのことを思えばきっと乗りきれるだろう。

私は悪いお手本だとばあちゃんは言ったけれど、やっぱり俺はあんな風に逞《たくま》しく生きていきたい。俺は自分のばあちゃんが好きだし、一番大切な人に許されなくてもいいという覚悟は、正しくなくても、悲しいくらい美しいものだと思うから。

case.2

ルビーの真実

日本で一番、地代が高い場所。

春までの俺の『銀座《ぎんざ》』の認識は、そのくらいのものだった。

その片隅に土日だけ開く店がある。中央《ちゅうおう》通りから一本入ったところにある雑居ビル。左は雑貨屋、右は寿司屋。ビル二階の看板には『ジュエリー・エトランジェ』の文字。入り口は普通の一枚扉で、店の中が見える覗き窓などないし、店内にも覗きたくなるようなショーケースはない。

店にあるのは、ふんぞりかえって座れる一人掛けの赤いソファ四脚に、ガラスのローテーブルが一つ。それでもスペースが余るので、低い本棚に横文字の宝石の本を何冊か並べている。他には厨房《ちゅうぼう》、トイレ、奥に金庫室兼店主専用の作業スペースが一つ。

初出勤の土日には、一人も客が来なかった。

間違いなく赤字コースだと思った。

店主のリチャード・ラナシンハ・ドヴルピアン氏は、BBCの歴史物ドラマに出演できそうな端麗な容貌《ようぼう》で日本語も堪能だが、何を考えているのか今一つわからない。きっとそのうち預金残高に青ざめて店を引き払うのだろうと思いつつ、それでも俺は真面目なアルバイトとして店を掃《は》き清め、茶葉を入れた牛乳を煮立たせた。どうなるにせよ給料分の仕事はしなければ。何だかんだでテレビ局のアルバイトも週二で入れているし。

だが俺の悲観的な予測は、二週目で大きく外れた。

客人たちはタクシーでやってきた。多分成田《なりた》エクスプレスを東京駅まで乗って、そこから車で来るのだろう。来店時にはリチャードの携帯に予《あらかじ》め電話を入れてくる。中国人。韓国人。インド人。アラブ人。巻き舌の言葉を喋るラテン系の人。真似できない発音の言葉を操る黒人。時々英語を喋る白人。リチャードは彼ら全員と、彼らの言葉で親しげに話した。

足を踏み入れてみれば、銀座は日本屈指のインターナショナルな観光名所だった。お茶請けを買いに目抜き通りまで出れば、目につくのは観光バスと、ユニクロと資生堂《しせいどう》と鳩居堂《きゅうきょどう》を駆け巡る観光客ばかりだが、リチャードの客の目的はこの店だけだった。

赤いソファに座った客人に、俺がロイヤルミルクティーをいれてお菓子を出している間に、リチャードは奥の部屋から黒いベルベットの箱を持ってやってくる。中身は店に入る時には黒いキャリーケースに詰まっていた宝石だ。竜宮城直送の玉手箱のようだ。値札はない。暗記している。アクアマリン。サファイア。ガーネット。翡翠《ひすい》。珊瑚《さんご》。琥珀《こはく》。五千円の石、五万円の石、五十万円の石、時々もっと高い石。リチャードが『ルース』と呼ぶ『石だけ』の品が一番多かったが、時々指輪や、ペンダントなどのアクセサリーもある。お客さまから前もってオーダーがあれば、それに合わせて品揃《しなぞろ》えも変わった。

その場で即決でお買い上げになられるお客さまもいれば、ただの友人同士の世間話のようにお茶を飲んでさよならになることもある。リチャードはしつこい売り込みは一度もしなかった。常に礼儀正しく微笑《ほほえ》み、またのお越しをお待ちしておりますとお辞儀するだけだ。

これは店の出納帳《すいとうちょう》もテナント代も知らないバイトの勝手な推測だが、リチャードの本業は、土日の銀座宝石カフェではないのだろう。神戸《こうべ》の宮下《みやした》さんのような顧客が、きっと日本全国、もしかしたら世界各地にいるのだ。

俺の知らない月曜日から金曜日、彼らの家を巡り、宝石を見せ、売りさばく。

多分その売り上げがあれば、黒字なのだ。この店があってもなくても。

だとしたらこの店は単なる税金対策のオフィスなのだろうか。経営学の授業でそんなことを習った。でもさすがに銀座は高すぎるだろう。

こんな風に客の来ない日には特に、そんなことを考える。

「アルバイトさん、眉間に皺《しわ》が寄っていますよ。どうかしましたか」

「あー……考えごとです」

金庫室寄り窓側のソファに腰掛けて、リチャードはロイヤルミルクティーを飲んでいた。

一口以上飲んでもらえるようになったのは最近だ。最初の三回は茶葉を渋りすぎたり煮立てすぎたり焦がしたりと散々だったけれど、四回目からはまあいけますと言ってくれるようになった。店の経営大丈夫なのかと尋ねるような気やすさにはまだまだ遠いけれど。

「ほら、カラットの話。あれを思い出してたんだよ。先週聞いてびっくりした。重さの単位なんだろ。〇・二グラムで一カラット」

「その通りですが、その話のどこに思い悩むような要素があるのですか」

「わざわざ別単位じゃなくて、グラムで言えばいいのにと思って」

「……そのうちわかるでしょう」

興味がないのに無理やり宝石に詳しくなろうとする必要はないというのがリチャードの態度だったけれど、質問には答えてくれるし、ピンク・サファイアを冷蔵庫に入れていると話した時には、箱がカビるからやめろと怒られて、新しい宝石箱とクロスをくれた。本当に宝石が好きなんだろう。リチャードが客人用に置いている『図録・宝石』というハードカバーを、暇な時の俺は無駄に熟読している。この店には他に日本語の本がない。

不意に、リチャードは顔を上げ、テーブルにティーカップを置いた。階段をのぼってくる足音が聞こえる。ヒールの音だ。俺は食器を下げてテーブルを拭いた。

インターホンの音。

店主がロックをはずすと、客人が入ってきた。珍しい。予約なし、しかも日本人だ。

「こんにちは。営業中ですよね」

長い黒髪の女性だった。色白で切れ長の目。きれいな人だ。タイトスカートに白いワイシャツ。お勤め帰りだろうか。二十代後半くらいに見える。俺はちょっと不安になった。

「あの、うちは宝石店で、テナントの事務所は一階ですけど」

「……看板にそう出てたじゃないですか。何なんですか、ここって事前に来店予約とか必要なんですか」

「いらっしゃいませ。お間違いはございませんよ。ご用向きを承《うけたまわ》ります」

『おまちがい』『ごようむき』と喋る金髪碧眼《へきがん》の男に、お客さまはほんの一瞬、のまれたようだったが、すぐに元の顔に戻った。リチャードと初めて会う女性たちは、ごちそうを前にしたように無闇《むやみ》に笑うか、照れ隠しに不機嫌を装うかの二択だが、そのどちらでもない。動じない人だ。というよりむしろ。

感情がまるごと抜け落ちた、魂の抜け殻のような人に見えた。

随分瘦《や》せている。よく見るとシャツの肩が少し浮いていて合っていない。声はしっかりしているが、足取りもふらふらしている。大丈夫だろうか。

とりあえず俺は椅子をすすめ、お茶の準備にとりかかった。元気が出るように砂糖をいっぱい入れよう。今日のお茶請けはデパ地下で仕入れたリーフパイだ。厨房から戻ってくると、彼女は気後れした様子もなく、リチャードと差し向かいのソファに座っていた。

「外国の人が経営しているお店なんですか？」

「店主のリチャード・ラナシンハ・ドヴルピアンと申します」

「明石真美《あかしまみ》です」

宝石の鑑定をお願いしたいんです、と明石さんは言い、茶色い肩掛け鞄の中から大ぶりの黒い宝石箱を取りだした。財布か何かのように、そのまんまぽんと入っていた。

中身はどうやらブローチのようだ。不思議な形をしている。中央の赤い宝石からオーラがたちのぼるように、ダイヤモンドでできた細いリボンが何本も伸びていた。宝石の花が、風に吹かれて長い花びらを揺らしているみたいだ。

「ダイヤモンドのチェックをお求めですか」

「まわりのダイヤには興味ないです。中央のルビーのことだけ調べてほしいんです」

「では、細かいことですが『鑑別』という名前のチェックになります」

「ふうん。じゃあそれです」

やっぱりどこかぼうっとしている口調の明石さんは、焦点の定まらない瞳でリチャードの顔の後ろの壁を見ていた。瞼《まぶた》は開いているのに、何も見ていないような目だ。

「インターネットで見たんですけど、ルビーって熱を加えてる石が多いんですよね？」

「ヒートと呼ばれる加熱処理のことですね」

「それです。これがヒートしてる石なのか、してない石なのか、確かめてほしいんです。それだけ」

ヒート。初めて聞く言葉だ。リチャードは書類入れから宝石の鑑別機関の案内を取りだして並べ、費用や期間を説明していたが、明石さんは必要な書類をさっさと記入すると、話もそこそこに立ち上がってしまった。

「それじゃ、お願いします。昼は仕事なので、できれば連絡は午後の六時以降に。すみませんけどあまり時間がないからこれで。失礼します」

あのお茶、と声をかける間もなく、明石さんは出て行ってしまった。万が一持ち逃げを試みる客が出た場合の対処法は俺も勉強したけれど、これじゃ逆だ。置き逃げだ。

「……新手の詐欺《さぎ》かな。あとで『盗んだな！』って、怖い人が因縁をつけに」

「監視カメラの録画映像がありますので、ご心配なく」

「嵐みたいな人だったなあ」

こんな風に宝石店を使うお客さんもいるのか。

俺は再び、まじまじと明石さんの石を覗きこんだ。中央に真っ赤な楕円《だえん》形のルビーをあしらったブローチ。金具は光沢のある銀色。赤い宝石からたちのぼるダイヤのリボンは、数えてみたら十二本あった。一本につき少なくとも十個は小さなダイヤがついている。デザインも凝《こ》ったものだ。

「俺、素人だけどさ、これ……相当な高級品だよな？」

「無論です」

信じられない。そんなものを初めて来た店にポンと置いて帰る人がいるのか。次に来た時ここに店がなかったらどうするつもりだ。

「もうちょっと大切にしてやればいいのに」

「冷蔵庫に放置するのもいかがなものかと思いますが、石というのはよかれあしかれ感情が投影されるものです。扱いに心情が滲《にじ》むのも道理でしょう」

小言を無視して、俺は一顧だにされなかったミルクティーを飲んだ。客人のいない時にこういうことをしても、リチャードは特に文句を言わない。

「……リチャード、俺ルビーを見るの、これが初めてだ」

店主が気にしないでくれるので、俺は遠慮なくブローチを眺めた。一際目をひくのは、やはり中央の赤い石だ。俺のピンク・サファイアの倍の大きさは余裕であるだろう。

ここで働き始めて一カ月、実質の労働日はたった五日だけれど、その間に『一度は聞いたことのある名前』の宝石が、幾つ目の前に滴《したた》り落ちてきたことか。でもルビーは、一度も玉手箱に入っていなかった。

「ほんっとに赤いんだな……鶏肉《とり》にポチッとついてる血の塊が、こんな色をしてるかな」

「ジョーク？　それとも知っていて言っているのですか？」

「ん？　知っているって何を」

ピジョン・ブラッド、とリチャードは発音した。ピジョンは鳩《はと》だ。鳩の血？

「最上級のルビーを形容する言葉です。非常によいサファイアの青を『コーンフラワー・ブルー』と、ヤグルマギクの花にたとえたりしますが、ルビーの場合は鳩の血です。最上級のルビーの、鮮やかな赤。何も知らずに言ったのなら」

グッフォーユー、とリチャードは流麗に言った。意味は『よくできました』。母のひろみにはもともと料理をする時間がろくになかったし、ばあちゃんは貧乏舌だったので、俺にとって料理はただの生存スキルだけれど、たまにはこんないいことがある。鶏モモは筋をとって、から揚げにするに限る。コツは油の温度を高めにすることだ。そういえば。

「さっき話してた『ヒート』って何なんだ？　何で石を加熱するんだ」

「ルビーやサファイアの場合、熱すると石の発色が鮮やかになるためです」

「へえ！　すごいな、まるっきり化学反応だ……でも、最初に石を焼こうと思った人は、怖くなかったのかな？　かなり博打《ばくち》じゃないのか？　失敗しても焦げたりしないのか」

「超高温の加熱なので、熱に耐えられない場合は焦げるどころか煙になって消えうせます」

やっぱりだ。俺が顔をこわばらせると、リチャードは微かに笑った。

「十七世紀の書物に、インドの人間がルビーを焼いていたという記録が残っていますので、熱と発色に関係があることは古くから知られていたのでしょう。もっとも安定した加熱の技術が発達してきたのは、ここ五十年ほどのことですが」

他に質問は？　と尋ねる声に、俺はちょっと嬉《うれ》しくなった。リチャードは説明がうまい。はじめのうち、俺は勝手に、宝石店にやってくるお客さんは石が大好きで何でも知っている人ばかりだと思っていたが、この店にやってくる客人は、見たところ俺と似たり寄ったりの一般人で、ただ美しい宝石と、リチャードとのおしゃべりを楽しんでいるように見えた。この男の弁舌にかかれば三世代前の掃除機だって売れるだろう。世界の不思議のレクチャーだ。こういう先生が俺の中学の理系科目に一人でもいてくれたら、受験勉強だってもう少し楽になったろうに。

「超高温って、何度でどのくらい熱を加えるんだ？」

「職人と石によりますが、およそ千六百度、数十秒から数分といったところです。無論、何でも焼けばいいというものではありませんよ。コランダムの価値にはヒートの有無も大きな影響を及ぼします。あなたの持っているパパラチアは、原則無加工であの色をしているピンク・サファイアの名称です」

「コランダム？　無加工のピンク？　待て待て、混乱してきた」

脳内をクエスチョンマークが乱舞する。リチャードはやれやれと嘆息し、『図録・宝石』を引っ張り出してきてくれた。開いたのはルビーのページだ。隣はサファイア。

「はじめのところからやりましょう。ルビーとサファイアの違いを知っていますか」

「……赤い石と、青い石」

「その通りです。大体それだけです」

「え？」

「この二つの石は兄弟のようなものなのです。コランダムと総称されます。赤がルビーで、それ以外の色は全てサファイア」

色違いみたいなものなのか。ならどうして違う名前がついてるんだ。何でピンク・サファイアは『サファイア』で、『ピンク・ルビー』じゃないんだ。

「ピンクは、赤じゃないのか？」

「『ルビー』の語源は古代ローマの公用語であるラテン語の『ルベウス』、意味は『赤』です。ローマにおいて赤は軍神マルスの色、炎と血潮の色でした。お知り合いの中にピンク色の血が流れている方は？」

「わかった。ピンクは赤じゃない」

宝石の世界は難しい。でも原則はシンプルだと思う。きれいなものが、よいものだ。リチャードはテーブルに図録を立てて開いた。宝石の見本帳みたいなページだ。幾つものルビーの写真が、マス目状に並んでいる。マスの左上ほど色は濃く、透明で、きらきらしていて、右下にゆくほど白っぽく、石の中にゴミが目立つようになる。

リチャードは視力検査をする眼科の先生のように、一番左上のルビーを指さした。明石さんの石は、まさにこんな色だ。

「クイズです。地面から出てきた時からこの色の非加熱のルビーAと、加熱処理でこの色になったルビーB、どちらのほうが宝石の世界では価値が高いでしょうか？」

「そりゃ、非加熱だろ。手間もかからないし」

「よくできました。では」

これ、とリチャードは二マス分右にズレた石を指さした。赤というより赤紫っぽい石で、あんまり透明な感じがしない。

「加熱処理をせずこの状態のルビーAと、加熱処理をして最高級グレードのルビーB、どちらのほうが価値があると思いますか？」

「え？　……うーん」

どっちだ。ありのままが一番？　いや、でも。

「身に着けるなら赤いほうが嬉しいと思うし、素人目には加熱のことなんてわからないから、『加熱して最高級』の、ルビーB」

「またもや正解です」

「おおー！」

まあ程度によりますが、とつけ加えて、リチャードは本を閉じ、もう一口お茶を飲んだ。

「理解していただきたいのは、加熱は石の『美しさ』を引きたてるための処理だということです。高熱に耐えうるのは一握りのよい石だけですし、そもそも熱処理の有無を肉眼で識別するのは、玄人《くろうと》だろうが素人《しろうと》だろうが困難なことです」

「……じゃあ、この石が加熱か非加熱かは、リチャードにもまだわからないのか？」

「断言はできません。究極的にはレーザー・トモグラフィーによって加熱の痕跡が見つかるか否《いな》か、加熱と非加熱を分けるのはそれだけです」

「よくわからないけど、そんな処理して大丈夫なのか？」

「大切なのは『美しさ』だと言ったでしょう。たとえばの話ですが、家族の死後、箪笥《たんす》を整理していてルビーの指輪を見つけたとします。そういう時、その石が加熱処理されたものか否か、あなたなら気にしますか？」

「しないよ。大事な石には変わりないだろ」

「そういうことです。気にする人は稀《まれ》ですし、確かめに来る人はもっと稀です」

それに市場に出回っているルビーの八割以上はヒートです、とリチャードは何でもないことのようにつけ加えた。八割。そんなに。確かに、気にしても意味がないか。

なら明石さんは、何でわざわざ。

「……あの人は何がしたいんだろう？　貰《もら》い物なのかな？」

「一般論ですが、価値の証明が必要になるのは、思い出ではなく数字が重要な時かと」

手放して換金しようとしているということか。でもお金が必要な人が銀座の宝石店に来るだろうか。店での様子からして、費用には無頓着《むとんちゃく》に見えた。

考えるほど謎だ。

リチャードはぱくんと宝石箱の蓋《ふた》を閉じた。オーソドックスな黒い箱は、まだほとんど新品に見える。

「……初めて見たルビーがこの石ですか。あなたはとても運のいい人です。初めてどころか、一生目にしない人のほうが多いグレードですよ」

リチャードはブローチを持って店の奥の間へ去っていった。金庫に石をしまって戻ってくるまでの間に、俺はカップを片づけた。明石さんの真意はわかりそうもない。石にこもった愛憎はなおさらだ。何だか空気が重い。別の話題、別の話題。

そうだ。

「なあリチャード、外国語習得のコツって何だろう？　中学から七年も英語やってるけど、全然うまくなってる気がしないよ」

それはあなたが日本で生活して日本語を喋っているからで、日常的に英語で喋ればすぐ変わるでしょう、とリチャードは言った。英語だった。リスニングの試験で流れるような、ゆっくりペースの聞き取りやすい発音だ。聞くには聞ける。でも喋れない。筆記で点をとるのとコミュニケーションはまるで別だ。片言でサンキューと返すと、日本語でどういたしましてと言われた。

「……恋人作れって言うのは、それでかな」

「は？」

「ゼミの先輩が言ってたんだよ。英語がうまくなりたかったら外国人の恋人を作れって。必死で覚えるから早いって……」

「まさかとは思いますが、あなたの恋人選びの基準は、自分のキャリアに有用か否か、合理的か否かなのですか」

「違うって！　ただそういう話があるだけで」

「ナンセンス。目的を介した人間関係はビジネス、恋愛とは一番遠いところにあるものです。心の安らぎを得るための場所でエゴを追求して、あなたは幸福に近づけますか？」

「……じゃあ、付き合ってる間に好きになったら？」

「なれなかったら？」

不毛です、とリチャードは切り捨てた。こういう厳しさを、俺はけっこう気に入っている。駄目なものは駄目、悪いものは悪いと断じる潔《いさぎよ》さは、多国籍の人間を相手に自分の常識が通用しない場所でビジネスを重ねてきたせいだろうか。シンプルで潔い。ペットボトル飲料は水しか飲まない偏屈だし、掃除の基準も厳しいけれど、根はいいやつだ。まあその、多分。

それから来客はなかった。定刻の五時に店を閉めてリチャードと別れたあと、俺は銀座をぶらぶらして帰った。

恋人選びの基準なんて正直考えたことはない。彼女はいるか、いないかだ。残酷な二択だ。俺にはずっといなかった。正直忙しくてそこまで切実に欲しいとも思わなかった。

でも今の俺は、自分の幸福のありかをもう知っている。

私立笠場《かさば》大学の経済部に在籍する俺は、月曜日が楽しみで仕方がない。必修英語のクラスがあるからだ。教授はスパルタ式で、出席日数のカウントはシビア、おまけに教室はエレベーターのない十五号館、試験の点次第では再履もざらという極悪単位だけれど、それでも楽しい。理由は単純だ。

「正義《せいぎ》くん、おはよう」

「おはよう谷本《たにもと》さん！」

この授業でしか会えない人に、俺が恋をしているから。

谷本晶子《しようこ》。教育学部二年。俺と同い年。黒髪の天使。ふわっと毛足がカールしたボブヘアに、ほっそりした手足。好きな色は多分白。よくその色のブラウスやスカートを見る。とても似合っていると思う。初めて出会ったのは先月、学部別の説明会のあとだった。キャンパスに近い大通りの交差点は、休み時間は常に民族大移動状態で、あれに対抗できるのは渋谷《しぶや》と新宿《しんじゆく》駅前の交差点だけだろう。

その中を、俺の向かい側から小さなおじいさんが歩いてきた。

足取りはよろよろと危うく、今にも倒れてしまいそうだ。

そのおじいさんの横に、俺の前を歩いていた背の低い女の子が、回れ右をしてスッと入りこんだ。大丈夫ですかと言って自分の肩に腕を回させ、枯れ木のような体を支えて歩いてゆく。ショルダーバッグは教科書の重みで変形しているのに。彼女の目的地は反対方向なのに。

　見て見ぬふりをするつもりだった俺は、反対側のサイドに入り込み、老人の腕を摑《つか》み、低い声で凄《すご》んだ。

「じいさん、さっきもここ行ったり来たりしてたよな。何度も。女の子にくっついて」

　ヒッと呻《うめ》いた老人は、別人のようにかくしゃくとした足取りで、俺たちとは反対方向に逃げていった。人が多すぎて、走って捕まえるのは難しかった。

　横断歩道を渡り終える頃には、俺は自分のやったことを後悔していた。何も言わなかったら、彼女をわざわざ嫌な気分にしなくて済んだのに。

　すみませんでしたと俺が頭を下げると、彼女は目を丸くした。

「なんで謝るの？　助けてくれたのに。ありがとう」

　屈託のない笑顔に、俺はちょっと心配になり、もう一度お節介を焼いてしまった。

「困ってるように見えるやつにも、善良なやつと、そうじゃないやつがいるから、気をつけたほうがいいと思います」

　彼女は歩きながら首をかしげ、また笑った。不思議だった。彼女が笑うたび、世界が少しずつ明るくなってゆくような気がした。

「そうだよねえ。でも、悪い人と本当に困ってる人、きっと見分けられないから、私また手伝っちゃうと思う。どうしたらいいのかな」

彼女がはにかんだ時、俺は恋をしていた。登校時このじいさんに肩を貸し、目的地まで送りますと言ったのに言を左右にして逃げられたことも、何かのおぼしめしのように思えた。名前と学部を聞きだして、授業が一つかぶっているとわかった時には運命を感じた。朝一番にやってくる彼女とたくさん話したくて、月曜の俺の登校は早い。

谷本さんはゆっくり喋る。いつも彼女のまわりだけ、ふんわりした空気が包んでいるようだ。天然ボケと友達に言われていじられているけれど、本人はどこ吹く風だ。リチャードが湖の底で眠る透き通った宝石なら、谷本さんはお菓子屋さんの天井に住んでいる粉砂糖の妖精さんだ。傍《そば》にいるだけで甘い香りが漂ってきそうな気がする。

女の子たちとの会話を聞く限り、今お付き合いしている人は、いないようだ。

付き合いたい。できれば俺が付き合いたい。付き合ってくれませんかと言いたい。二人で手をつないで歩きたい。海でも山でもどこでも行きたい。

でもいきなりこんなことを言い出しても、二秒でふられる気しかしない。俺の恋の炎は燃え盛る一方だけれど、切りだせる当てはなかった。

「正義くん、それなあに?」

「え？」

彼女が指さしていたのは、テキストの横に広げた鉱物図鑑だった。寄り道した大学の中央図書館で借りてきたけれど、化学式が出てきたあたりで文系の俺にはもうお手上げだ。

「正義くんは、石が好きなの？」

「えっ？」

困惑する俺に、谷本さんは儚《はかな》げに微笑んでいた。ちょっとだけ何かに期待するような眼《まな》差《ざ》しで。もしかして。

谷本さんは宝石が好きだったりするのだろうか？

「今、ヒートについて調べてるんだ！」

俺が切りだすと、谷本さんは切り揃えた前髪をさらりと揺らして、首をかしげた。度数の合わない眼鏡をかけている人が目を凝らすような顔だった。

これは。勇《いさ》み足だったかもしれない。駄目だったかもしれない。何だヒートの話って。女の子と二人きりの教室でするような話か。ダメだ。アウトだ。これはもう駄目だ。

慌てているうち、谷本さんはもう一度首をかしげ、言った。

「どの石のヒート？　それともヒート全般？」

「え？」

「加熱加工は、石の世界だとわりあい一般的だから。ベリル、クオーツ、コランダム。熱を加えると変わる石は、他にもいろいろあるよ」

真空のような驚きが、数秒。そのあとに猛烈な喜びが込み上げてきた。青函《せいかん》トンネル開通。ドーヴァー海峡横断。そんなレベルの感動だ。通じる。通じる。俺がこの春から少しずつ積み上げてきたバイトの話が彼女に通じる。今日のこの時間だけでいいから俺はリチャードになりたい。できれば顔も。

「ああ、ルビーの加熱について調べてるんだ！」

「ならコランダムだね。ルビーとサファイアを鉱物学的にはそう呼ぶよ」

「それ、それだよ！　この前偶然見たんだ、ピジョン・ブラッド」

「……正義くん、それはとてもラッキーなことだよ」

そう言うと、谷本さんは底知れない表情で笑い、俺の知らない人へと変身した。

「ピジョン・ブラッドのルビーはとっても貴重なものなんだよ。ミャンマーにある特定の鉱山でしかとれない。ルビーは他にもタイとかスリランカなんかのアジア圏と、アフリカのモザンビークで産出する石だけれど、最上級品が出るのは今でもミャンマーなんだ」

しかし不安定な供給と政情不安の影響で、特上品の相場は天井知らず。美しい光のあるところ影もあるよねと谷本さんは笑った。生半《なまなか》にそうだねと相槌《あいづち》を打てるような声ではなかった。何だこの、硬派な声色《こわね》と面持ちは。

「正義くんはルビーとサファイアが鉱物学的にはほとんど同じであることは知ってる？」

「し、知ってるけど……何で色が違うのかは知らない」

「単純に石に含まれている不純物が違うんだよ。コランダムは酸化アルミニウムの一種だけど、その中に微量のクロムが含まれていれば赤、鉄やチタンが含まれていれば青や紫になる。種も仕掛けもあるってこと」

「はあ……！」

彼女は喋れば喋るだけ早口になり、顔つきはいかめしく声は低く、どこか威厳の漂う風情になった。猫背気味に足を組み、目元に力を込めるので、油性ペンで一本線を引いたように涙袋が盛り上がってゆく。これはお菓子屋さんの妖精ではない。別の何かだ。もっと別の――

「あっ、ごめん！」

俺が『何か』の正体に辿りつく前に、谷本さんは急ブレーキをかけた。俺もつられて息をのんでしまった。

えへへへ、と照れ笑いする彼女は、いまひとたび妖精さんの顔を取り戻していた。でも目元にまだ少し、いかめしい皺が。

「私、すごく石が好きでね、話し始めると止まらないの。ほんと、ごめんね」

「……谷本さんって、石に、めちゃめちゃ詳しいんだね……？」

「岩石屋なの」

「岩石屋！　ガテン系のバイト？　すごいな、俺は宝石屋なんだ。お茶くみだけど」

「じゃなくってあのね、岩石が好きな人を『岩石屋』って呼ぶの。正義くんみたいに、宝石のルースとか、鉱物が好きな人は『鉱物屋』。みんなまとめて『石屋』さん。石が好きな人ってこと。釣りが好きな人を『太公望《たいこうぼう》』って呼んだりするでしょ、あんな感じ」

岩石屋と鉱物屋。まとめて石屋。

「知らなかった。俺、素人もいいところで……」

「石はいいよお、地球という惑星の営みだもの。あっ、えっと、私で役に立てることがあったら何でも言ってね。宝石屋さんでアルバイトなんて珍しいよね？　お話聞かせて」

俺は心の中で、リチャードを拝んで拝んで拝み倒した。ありがとう、愛すべき俺の上司。ちょっとナルシストで嫌味なところはあるが、おかげで俺の大学生活はバラ色になりそうだ。ロイヤルミルクティーなんか百杯でも二百杯でもいれてやる。

俺の語る不思議な宝石店の話を、谷本さんは何度も頷きながら聞いてくれた。この前のルビーの鑑別依頼の話も。話をすると、谷本さんは眉根を寄せた。

「じゃあ、その人は買う時に加熱の有無を確認しなかったってこと？　本当に？」

「……気にしない人が多いって聞いたけど、買う時には調べるのが普通なの？」

「うーん、調べるっていうより、絶対にわかると思う。だって値段が十倍か、もっと違う」

十倍。大粒のルビー一個、ヒートありでも一万円とは思えない。つまり十万円だったら百万円、五十万円だったら五百万。血の気が引きそうだ。

「知らなかった。貰い物なのかな？　よく知らない親戚の人の遺品とか」

「だったらヒートかどうかなんて、気にしないいんじゃないかなあ。売るならともかく……」

「ああ、うちの店主もそんなこと言ってたな」

「ふうん」

谷本さんは気のない声だった。涙袋のあたりが、ひくりと震える。

「……ねえ、正義くんは宝石って財産だと思う？　それともアクセサリー？」

「財産だしアクセサリーだと思うけど、それだけじゃないと思う」

「どうして？」

どうしてって、俺にとってばあちゃんの指輪は、『財産』でも『アクセサリー』でもないから――これをどう説明すればいいんだろう。バイトをしているだけの、石の素人が。

俺がまごまごしていると、谷本さんはくしゃっと笑った。可愛《かわい》い。やっぱり可愛い。

「ごめんね、私何だか、たくさん難しいこと喋っちゃったけど、石ってそんなややこしいものじゃないよね。宝石って、別になくても死なないけど、嫌いな人はなかなかいないでしょう？　そこが、何ていうか、石の優しいところだと思うの」

「そう、それだよ！　宝石って優しいと思うんだ。アクセサリーにもなるし資産運用にも役立つのかもしれないけど、それだけじゃなくて……人と人をつなぐ絆《きずな》になってくれることもあると思うんだ。俺はそういうところが、好きだな……うん」

お世辞にもリチャードのような華麗な説明にはならなかったけれど、言いたいことは言えたと思う。なんとなくニュアンスが伝わればいいなと俺が思っていると、谷本さんは目元にぐっと力を入れ前のめりになった。ああ、さっきの人が戻ってきた。

「これは岩石屋も鉱物屋も無関係の、私個人の感覚による、ファジーな話として聞いてほしいんだけど」

「オッケー……」

たくさん前置きを繰り返して、谷本さんは語り始めた。

「財産やアクセサリーとして『よい』宝石は、美しくて珍しいものだよね。ピジョン・ブラッドのルビーみたいに。だから加工技術は最上級の美を追求し、再現しようとする。でも、より高いグレードに分類される美しさだけを追ってゆくのは、少し寂しい気がするんだ」

「寂しい？」

どうしてと俺が尋ねると、谷本さんはほっそりした指を顎《あご》に当て、はにかんだ。

「だって、全ての石は何かの真似じゃない一点物だから。グレード関係なしに、全ての石には豊かなロマンがあるんだよ。少なくとも私は、そう思う」

黒い瞳は不敵に輝いた。

俺は二段構えで、彼女に心臓を撃ち抜かれた。谷本さんは、『すごく石が好き』と言った。彼女の『好き』は、何となく宝石を眺めると楽しいという俺の『好き』とは違う。これはプロフェッショナルの雰囲気だ。

リチャードとは少し違うけれど、彼女も彼女の方法で、石の世界を全力で愛している。

何だか、じんとしてしまった。

そのまま俺が黙り込んでいると、谷本さんは高い声であっと呻いた。

「またやっちゃった……本当にごめんなさい。石のいいところって、細かいこと考えなくっていいところなのにね。ただ見てるだけで『うわあ素敵！』って思えるところなのに……それなのに私、石のこと話すと、いつも止まらなくって……ううん、反省しなきゃ……」

「どうしてさ！　もっと話が聞きたいよ。俺、石のこともっと知りたいのに、どうしたらいいのかわからなくて困ってたんだ。俺、今ほんと、うまく言えないくらい嬉しいよ」

「……ほんとに？」

ありがとうと言って、谷本さんは神々しいまでに愛らしく笑った。

そして高校で鉱物岩石同好会の会長をしていた頃、何故《なぜ》かあだ名が『ゴルゴ谷本』だったことを教えてくれた。


上の空の授業のあと、俺は谷本さんとメールアドレスを交換した。やっと、やっとだ。しかも今日は一緒に昼を食べようと言ってくれた。二人で歩くと大学が別世界だ。幸せすぎてやばい。これは本当に現実なのか。誰かが「そろそろ夢がさめますよ」と水を差しに来そうなほどだ。

と思っていたら、本当に来た。

「すみません。中田《なかた》正義さんですよね」

正門を出たところで、俺は見知らぬ男に呼び止められた。三十手前だろうか、ぱっちりした目で童顔に見えるが、着ているスーツは高そうだ。リチャードの服よりお堅い仕事向けという感じがする。もちろん会ったことなど、一度もない。

「……そうですけど、どなたですか」

「すみません。少しだけお時間をいただけますか。すぐ終わります」

「何で俺の名前を知ってるんですか」

「向こうで話します。よろしければ一緒に」

「正義くん、私、外そうか？」

「銀座の宝石店に関係があります。よろしければ」

俺が嫌な顔をしても男はまるで気にしなかった。こいつは『よろしければ』という言葉の使い方を明らかに間違っている。リチャードに日本語を教えてもらったほうがいい。

断腸《だんちょう》の思いで谷本さんを見送った俺は、男に促されるまま近所の喫茶店に入った。注文はコーヒーが二つ。どうしてここにいるのが谷本さんじゃないんだ。

「……で、俺に何の用ですか。どこの誰さんですか」

「穂村《ほむら》と申します。すみません、いきなり声をかけたりして」

俺は人生で二枚目の名刺をもらった。一枚目はリチャードのものだ。穂村商事という会社の名刺は、住所が丸の内《まるのうち》になっていた。銀座に負けず劣らず地代の高いオフィス街だ。男の名前は穂村貴志《たかし》。特に質問したわけでもないのに、男は家族経営の会社ですと言った。今は係長として修行中らしい。果てしなくどうでもいい。

穂村さんは革の鞄から紙のファイルを取りだした。中から出てきたのは写真だ。穂村さん本人と、黒いロングヘアの女性のツーショット。チューリップの花壇に囲まれた噴水の前で、おずおずと腕を組んでいる。女性の顔に見覚えがあった。

ルビーを持ってきた明石さんだ。

「僕は彼女の婚約者です。この女性、あなたがアルバイトしているお店にやってきたことがありますよね」

「……何で俺のバイト先のことを知ってるんだ」

「いろいろあって、人を使って彼女のことを調べていました。怖がらせるような真似をしてすみません」

「『人を使って』ってつまり探偵のことだろう。もし俺の友達が、あんたみたいな人と付き合ってたら『絶対やめとけ、他にも男はいる』って言いますよ」

「理由があります。少しで構いません、話を聞いてください」

穂村さんは深々と頭を下げた。

彼が明石さんと出会ったのは、ちょうど一年前だという。春に穂村商事に入ってきた彼女に惚《ほ》れこみ、交際を重ね、婚約。両親への挨拶《あいさつ》も済ませ、さあ結婚という局面になったものの。

「駄目なんです。イエスと言ってくれたのに、それからはのらりくらりで、何の段どりも進まないんです。一度式を延期して、今年の八月の予定にしたのに、この分ではまた潰れるでしょう。マリッジブルーにしても長すぎます。母は気が気じゃない様子で……理由があるなら話してほしいと言っても、彼女は何も教えてくれなくて……もう他に方法がなかったんです」

「何でそれで俺のところに来るんだよ。やってることがおかしいですよ」

「もう張り込みはさせていませんが、一カ月彼女の行動を追いかけたら」

「『尾行したら』だろ」

「この一カ月で、彼女がいつもと違う行動をとったのは、あなたのいる宝石店を訪れたことだけだったんです」

「それで俺のあともつけさせて、大学まで来たんですか」

「本当に申し訳ありません。ここからが本題です。もしよろしければ、何の目的で彼女がお店に訪れたのか、教えていただけませんか。どんな小さなことでも構いません」

　丸の内の会社の跡取り息子が、婚約者の素行を探偵を使って調査する。何だこれは。本当に二十一世紀の話なのか。

「……知ってると思いますけど、うちの店長、いい男ですよ。俺の百万倍くらい」

「写真を見ました。イギリスの方だそうですね。外見を彼と比べられたら、もう駄目だろうな。でも諦められません。店長のリチャードさんは、僕の存在を知りません。もちろん僕がここへ来たことも」

「ばれないから喋れってことですか」

嫌味な言葉を俺は後悔した。穂村さんは運ばれてきたコーヒーに一口もくちをつけていなかった。多分これで俺の今日の昼休みは終わるだろう。午後からの授業と憂《う》さ晴らしを考えれば、今のうちにナポリタン大盛りでも頼むべきかもしれないけれど、この人の前ではそんな気分になれない。穂村さんは可哀そうなほど張りつめた顔をしていた。

「僕のしていることに共感してもらえるとは思っていません。身勝手なのは百も承知です。でも僕も僕なりに考えぬいてここにいるんです」

「……婚約者が宝石屋に行くような理由の心当たりはあるんですか」

「去年の冬に、彼女にルビーを贈りました。ダイヤモンドをちりばめたブローチです。気に入ってくれたって……あの時は思ったんですけど、そうでもなかった、かな……」

穂村さんの言葉は尻すぼみになった。やっぱりだ。自分で買った宝石じゃない。だから加熱のことも知らなかったし、値段もわからなかった。

本当に売ろうとしているのだろうか。

「お願いです。何もわからないのが何よりつらいんです。彼女を失うなんて耐えられない」

「明石さんにも明石さんの事情があるんでしょ、何でそれを受け止めてやろうと思わないんですか」

「『明石さん』？」

え？

俺は写真と穂村さんとを見比べ、明石さんを指さした。リチャードの店で見た時より、いくらかふっくらしているように見える。でも微笑みは、店で見た時と同じく、どこか硬い。

「この人は、明石真美って名前じゃないんですか」

「いえ、彼女の名前は砂州《さす》真美ですが……」

「砂州？」

俺たちは狐につままれたような顔でお互いを見ていた。穂村さんは嘘《うそ》をついているようには見えないし、嘘をつく理由もない。

彼女が偽名を使ったということか。

「……明石って誰だろう。会社にもそんな人はいないのに」

「親戚とか」

「そんな名前の人はいません。いえ……紹介してもらってはいません」

急に穂村さんが、中学生の課題を与えられてうろたえている小学生のように見えてきた。さっきまでは情けない悪役のように思っていたのに。

俺は嵐のようにやってきて、宝石を放り出していった明石さんの姿を思い出した。

「……俺、失礼します。授業なので」

俺は穂村さんに頭を下げて席を立った。これ以上ここにいるのは駄目だ。でも俺はもう、多分言ってはいけないことを言ってしまった。最悪だ。本当に最悪だ。俺はこんな店員のいる店には行きたくない。後ろから穂村さんのありがとうございましたという声が追いかけてきた。俺だったら好きな人の秘密を密告したやつにありがとうなんて言いたくない。みんなどっちもどっちだ。探偵を使って恋人を探らせる男。贈られた宝石を偽名で鑑別させる女。口の軽いアルバイト。

店を出ると、谷本さんからメールが一通入っていた。『大丈夫だった？　またお話ししようね！』という短い文章。腹の底から嬉しくて、嬉しくて嬉しすぎて、もし彼女と付き合えた時、何だか様子がおかしかったら、俺も探偵を雇ったりするだろうかなんて思った。誰かを好きになりすぎると、人はどんどん変になるらしい。

午後の授業を受けたあと、俺は決めた。

次に明石さん改め砂州さんがやってきたら、最初に今日のことを話して謝ろう。怒られるだろうし、リチャードは俺をくびにするかもしれない。でも、けじめは必要だ。

宝石はきれいなものだから、見ているだけでみんな幸せになれそうだなんて、呑気《のんき》に思っていた俺がバカだったのだ。


土曜日。午前十時半。開店三十分前だ。そして今日は彼女の来店予定日である。

中央通りを抜けて、テナントの階段を上ると、扉の前にひとがいた。

二人。一人はリチャード。もう一人がリチャードの首根っこを摑んで、扉に押しつけてガタガタ揺さぶっている。黒い革ジャンに長髪。強盗？　暴行？

「何だお前！　警察を呼ぶぞ！」

「うるさい黙ってな！」

「待ちなさい正義」

リチャードの声に俺が目を見張ると、革ジャンはギョロリと俺を見た。スキニージーンズ、編み上げの靴。俺は階段を下り、白い石畳の上で足を開いて構えた。

日の差している歩道に、ゆっくり相手が下りてきた時、耳で感じていた違和感が形になった。女性だ。リチャードより随分細い。

首の後ろでひとまとめにした金髪のポニーテールは、毛先が紫色のグラデーションになっていた。口紅は真紅。目つきは鋭い。

「あんたもこの店のやつ？　どっちよ、間男は」

二十代だろうか。銀座より原宿《はらじゅく》が似合いそうな出で立ちだ。何でこんな人がリチャードを襲っているんだ。乱れたシャツを直しながら、リチャードも階段を下りてきた。いつものキャリーケースは無事だ。目的は宝石強盗ではないらしい。

「……痴情《ちじょう》のもつれ？」

「愚か者が。初対面です」

店に入ろうとしたところでリチャードは因縁《いんねん》をつけられたらしい。何なんだ。鈍く輝く曇天《どんてん》の下で、不思議な女性は俺の顔をねめつけていた。

「やろうっての？　面白いじゃん、かかってきなよ。なめてかかると痛い目みるよ」

「女性に対する暴力には反対です。ご用件をお伺いしましょう。『間男』とは何です。あなたはどこのどなたです」

「明石たつき。渋谷で働いてるベーシストだよ。スタジオミュージシャン。二十七歳」

明石？

俺たち二人の前で、明石たつきは財布を取りだし、一枚の写真を見せた。居酒屋のような場所ではしゃぐ、二人の女性が写っている。

「この女のこと知ってる？　何でもいいから全部教えて。事情があるの」

サッカー日本代表のユニフォームを着て、笑顔で肩を組んでいるのは、明石たつきと――砂州真美だ。

はっとした時、誰かが俺の後ろで道路に何かを落とした。茶色いショルダーバッグだ。黒髪の女性が立っていた。砂州真美。最初に反応したのは明石さんだった。走って逃げ始めた真美さんを追いかけ、手を摑んだ。

「真美！　やっと見つけた！」

「放して！　もう関係ない！」

「人がどれだけ心配したと思ってんだよ！　勝手に消えやがって！」

二人の女性が路上で取っ組み合っている。まずい。絶対にまずい――と思っていた矢先、ビルの前に黒いタクシーが横づけされた。慌てて降りてきたのは穂村さんだ。

「何をしているんだ君は！　真美さんから離れろ」

「あんたが間男？　やっと会えたね、歯ぁ食いしばりな！」

「やめて！　私の婚約者なの！」

真美さんの絶叫が、三人の時間を止めた。

一触即発のまま、銀座の道路に立ち尽くしていた。リチャードの宝石店はビルの二階なので、一階の事務所の人が驚いて出てきてしまった。この界隈《かいわい》はほとんどオフィス街で、ぽつぽつ建つ飲食店はどこも十二時からの開店だ。最寄りの喫茶店も少し遠い。

無料の喫茶店に限りなく近い場所は、すぐそこに一軒あるものの。

絶対零度の美貌の持ち主は、凍るような視線で三人の大人を睥睨《へいげい》した。

「『絶対に店のものを壊さない』という条件で、入店を認めます」

よろしいですかと尋ねるリチャードに、二人の女性と一人の男は、てんでばらばらな方向を見て頷いた。

「一応言っとくよ。あたしはここにいるやつらは、この砂州真美以外誰も知らないし私怨《しえん》もないし、胸糞《むなくそ》の悪い冗談を言おうとしてるわけでもないからね。口が悪いのは気にしないでもらえると助かるな。性分なんだよね、昔っからキレそうな時にはこうなるの」

口火を切ったのは明石さんだった。俺は買い置きの麦茶を大急ぎで四人分がばがば注いだ。お茶を出すべき客とは思えなかったが、テーブルの上に飲み物があれば、少しは何かの抑制になる。気休め程度の話だけれど。

四脚のソファに、穂村さんと明石さんが向かい合わせに座り、明石さんの隣に上着を脱いだリチャード、その向かいに『砂州』真美さんがいた。椅子が足りないので、俺はテーブルの脇に立った。全員の顔がよく見える位置だ。

真美さんは椅子に座っていられるのが不思議なほど、顔も手も真っ白で、膝《ひざ》の上で握りしめた手をじっと見ていた。

「真美とあたしは七年付き合ってた。一昨年の冬までは一緒に暮らしてた」

「……何で今そんなことを話さなくちゃいけないの」

「あんたが勝手にいなくなるからでしょう！」

「お静かに。ここは面会室ではなく私の店です」

明石さんは悪びれず、軽く頭を下げ、話を続けた。

一昨年の冬、一緒に生活していた砂州真美が、突然アパートからいなくなった。携帯もつながらずメールアドレスも変わって、彼女の荷物は全て処分されていた。必死で捜し続けたものの見つからず、東京にはいないのかと思った矢先、仕事仲間から彼女に似た髪の長い女性を銀座で見かけたと聞き、矢も盾もたまらずやってきたという。それがよりによって今日なのだから、間の悪い偶然もあったものだ。

明石さんは、七年『付き合ってた』と言った。友人として同居していたのなら、婚約者相手にこうは言わないだろう。何よりこの二人の間に流れる雰囲気は友達ではない。

多分、そういうことなんだろう。

話しているうちに落ち着き始めたようで、明石さんはリチャードを見た。

「あんた、さっきはとばっちりくらわせて悪かったね。あたしが聞いた話は二つセットで、『信じられないほど男前な店主がやってる謎の店がある』っていうのと、『その店に入る真美を見た』って話だったんだよ。頭に血が上ってた。あんたは信じられないくらい男前の、真面目な商売人なんだね」

「恐縮ですが、できれば胸倉を摑む前に一言話しかけていただきたかったものです」

「あの、明石さんでしたか。あなたは真美さんの何なんですか」

穂村さんが直球を投げた。この人はカーブやフォークの投げ方は知らない気がする。穂村さんはリチャードの次に落ち着いているように見えた。あくまでも見かけは。

明石さんは穂村さんをじいっと見つめた。

「あなたはさ、あたしが男でも同じことを質問するの？」

直球を思い切り打ち返された穂村さんは、恥じ入ったように赤くなって俯《うつむ》いた。明石さんが追い打ちをかける前に、真美さんが呟いた。

「男の人を好きになったの。だからたつきとは別れたかった」

店の温度が氷点下になった。

俺とリチャードは無言で視線をかわし、明石さんの動向に注目した。騒ぎを起こしてテナントを追い出されたくはない。

「……何だよそれ。じゃあこいつと一緒になるからあたしはお払い箱ってこと？　ふざけんじゃないよ！」

「将来のことを現実的に考えたのよ」

「真美の『現実的に』は『悲観的に』の間違いなんだよ。怖がりやがって。またいつもの『普通が一番』の真美ちゃん？　懐かしすぎてうんざりだよ」

「いつまでも若い頃みたいに暮らしていられないでしょう。新しい仕事が見つかってちょうどよかったの。あなたのことは、もう、どうでもいいのよ。やり直すつもりはないの。私たちを放っておいて」

「そのくらいで」

リチャードが止めに入った。真美さんは話せば話すだけ顔色が悪くなり、話している間、一度も明石さんの顔を見なかった。

目を見開き、歯を食いしばって聞いていた明石さんは、そうかよと零《こぼ》した。

「……『どうでもいい』か、わかったよ。でもさあ真美、あたしが本当に言いたいのはそういうことじゃなくて、人間同士の付き合いの話なんだ。わかる？　七年だよ。一言でいいから、どうして消える前に何も言ってくれなかったの。こっちはあれから死ぬような思いで捜し回ってたんだよ。変な事件に巻き込まれたんじゃないかって、どこかで死んでるんじゃないかって、警察にも行ったし、あんたの昔の友達も捜したし、嫌な想像ばっかりして夜は眠れないし、あたしの何が悪かったのかって死ぬほど考えて」

「そんなのあなたの勝手でしょう」

「ちょっと落ち着いて、お二人とも落ち着いてください」

低めのトーンで仲裁しながら、俺の頭は言葉とは全く別のことを冷たく考えていた。明石さんの筋立ては順序が間違っている。

真美さんと穂村さんが知り合ったのは去年の春だ。そこから付き合いがはじまったのなら、一昨年に明石さんのところを去った時、真美さんは穂村さんのことなど知りもしなかったはずだ。

それに、何故彼女はこの店で、『砂州』ではなく――。

リチャードも気づいているはずだが、彼は礼儀正しく口をつぐんでいる。俺が大学での失態をカバーするなら今しかない。そう思った矢先、

「真美さん、どうしてこのお店で『明石』と名乗ったの？」

穂村さんが先を行った。

真美さんは絶望的な顔をした。顔色は白を通り越して土気色《つちけいろ》だ。彼女はリチャードの顔を見たあと、顔をしかめた俺を見た。どちらが教えてしまったのかは絶対にばれた。俺はもう何をしても許してもらえないだろう。明石さんは呆《ほう》けていた。

「……は？　『明石』？　どういうことなの真美」

春の写真。お世辞にも楽しそうには見えなかった真美さん。明石さんが持っていた写真の真美さん。顔色がよく、楽しそうで、まるで別人のようで。

頼むからもう何も言わないでくれという俺の願いなど誰にも届かず、穂村さんは言葉を紡いだ。取り繕ったような微笑を浮かべて。

「話が錯綜《さくそう》しているようなので、僕のほうからも補足させてください。彼女と僕は一年間婚約していて、八月には式を挙げる予定です。それで提案があるんですが」

「うるさい勝手に結婚でも何でもしやがれ」

「真美さん、浮気しても僕は構わないです」

俺はしばらく、穂村さんがおかしくなったのかと思った。明石さんも同じだったようで、俺たちは揃って呆然《ぼうぜん》としていた。

真美さんが表情のない顔を上げると、穂村さんは笑った。小さな子どもを安心させようとする、若いお父さんのようだった。目は全然笑っていない。

「昔のこと、話してもらえなかったのはちょっと寂しいですが、事情があるのはわかりました。その上で提案します。結婚と恋愛は別のものとして考えませんか。僕はあなたのことが好きだし、何があってもそれは変わらない。僕と結婚して、明石さんとお付き合いすればいいんじゃないかな。それなら予定通りですよ」

穂村さんの、笑顔。

俺の背筋をうそ寒いものが走った。婚約者に別の相手と付き合う提案？

この男にとって砂州真美とは、彼女との結婚とは何なのだろう。この男は一体、彼女のどこが好きなんだろう。

沈黙を破ったのは、明石さんの舌打ちだった。

「何なのこのお坊ちゃんは。馬鹿もやすみやすみ言いなよ。そういう話をしてるんじゃゃ」

「そういう話でしょう。女性とのお付き合いなら、恋愛じゃなくて『いい友達』だと思えます。僕は気にしませんから」

「あたしが気にするって言ってるんだよ！」

「でも真美さんは、あなたはもうどうでもいいって」

明石さんがキレた。リチャードが止めに入れたのは、身を乗り出していた穂村さんが顎に一発くらったあとだった。今度は穂村さんもやる気になってしまったので手に負えない。

立ち上がったところを俺が羽交い絞めにしてもまだ暴れる。

気づいた時には真美さんが、鞄を摑んで立ち上がっていた。

「真美さん！　待ってください！」

叫んだ俺を数秒、睨みつけてから、真美さんは階段を駆け下りていった。


ネコとネズミがとりっこの喧嘩《けんか》をしているうちに、チーズがどこかへ消えてしまった。昔の子ども向けアニメに、そんなシーンがあったような気がする。

リチャードの店は、緊急の捜査本部のような空気だった。待機しているのは、俺とリチャードと、明石さんの三人だけ。

喧嘩もそこそこに、穂村さんは真美さんを追いかけていったが追いつけず、苦い顔で店に戻ってきた。電話もつながらないまま時間ばかりが過ぎて、しびれを切らして今度はマンションを見てくると出て行った。

リチャードの携帯にメールが入った。穂村さんからだろう。穂村さんと明石さんはアドレスを交換しなかったので仕方ないが、リチャードは完全に巻き込まれ損だ。

「……マンションには帰っていないようです」

「昔から頭に血が上るとすぐこれだよ。どうせ公園とか海とかそんなもんでしょ」

「心当たりがあるんですか」

「ないわけじゃないって程度だよ。絶対に捜し出してやるけどさ」

「お願いです。手伝わせてください」

正義、とリチャードが小声で俺をたしなめた。今日は他のお客さまの来店予定がないのが、せめてもの救いか。

遅すぎるのもいいところだが、俺は大学にやってきた穂村さんに、彼女の名前のことを話してしまったと白状した。明石さんに殴られるかもしれないと思ったが、彼女は呆れるだけだった。

「……リチャード、せっかく信用してくれたのにごめん。今日の給料は天引きでいいし、くびでもいい。俺どうしても真美さんに謝らないといけないから」

リチャードの携帯に続報が入った。メールかと思っていたら、いつまでも震え続ける。電話だった。ハローと応じたあと、リチャードは日本語に切り替えた。端末から上ずった穂村さんの声が聞こえてくる。

言葉少なに話したあと、リチャードは電話を切り、明石さんに向き直った。

「砂州さんはいなかったそうです。穂村さんはこのままマンションの近所を捜すと」

「……何よ。どういうことなのよ」

落ち着いて聞いてください、とリチャードは前置きした。作り物のように端整な顔から、いつにも増して表情が消されていることに俺は気づいた。

「穂村さんは、顔馴染みの大家さんに事情を説明して、部屋の鍵を開けてもらったそうです。少なくとも数日は帰宅した様子がなく、きれいに片づいていて、洋服簞笥に三カ月分の家賃と『お世話になりました』という手紙があったと」

明石さんと同時に俺も店を飛び出した。階段の下まで行ったところで、明石さんが俺に何かのカードを放り投げた。ベースのマークと、携帯のアドレスと電話番号が入っている。

「あたしは渋谷を捜す。若い女が一人でいても怪しまれない場所があったらどこでもいいから捜して！　真美が死んだらあんたも穂村もあの店長もぶっ殺してやる！」

裏手の駐車場に走っていった明石さんは、バイクに乗って戻ってきて、店の前の通りを飛ばしていった。

俺はリチャードの宝石店を見上げ、両手を合わせて頭を下げてから、地下鉄の駅へ走った。

駅のロータリー。待ち合わせスペース。喫茶店。ファストフード店。新宿御苑《ぎょえん》。代々木《よよぎ》公園。戸山《とやま》公園。二時間かけてもこのくらいが限界だった。

明石さんと穂村さんは、俺とリチャードをはさんでメールをやりとりした。渋谷駅と会社の近くは、それぞれ二人があらかた捜してしまったらしい。明石さんは三軒茶屋《さんげんぢゃや》のほうを捜すと言っていて、穂村さんは駄目元と言いつつ、会社の同じセクションにいる人たちに連絡して話を聞いてみると言っていた。警察にはもう写真を持って行ったが、あまり真面目に取り合ってくれなかったという。何の手がかりも摑めなかったら、次は東京駅の改札へ向かうらしい。

二人と同じ方角を捜しても意味がないし、あてもなく歩き回っても無駄足だ。もちろんこんな風に足を使っても、タクシーや新幹線で遠くに向かってたら意味がないのはわかっているけれど。

わかっていても、俺もあの二人と同じで、何かせずにはいられない。

天の助けが欲しい。それが駄目なら、天使か敏腕スナイパーの助けが。

俺は谷本さんに連絡をした。あまり心配させたくないから、わざと軽い感じで。

『相談です。大人のかくれんぼ中。範囲無制限。俺がオニです。一人になりたい時って、どういうところに行く？　思いつかない』

　みるみる充電の減ってゆくスマホに、コンビニで買った充電器をさし、上野《うえの》駅の中央口前の雑踏を捜し回っていた時、返信が来た。

『かくれんぼ、素敵だね！　サークル？　公園とかお寺かな？　頑張って！』

　ありがとう谷本さん、俺は頑張ります。好きな人のことを思えば人間底力が湧くものだ。

　俺が大学で穂村さんに何も言わなければ、事態はこんなに悪くならなかったはずだ。後悔してもどうにもならないのはわかっている。でも挽回《ばんかい》するチャンスを、一度でいいから与えてほしい。

　黒髪ロングヘアの具合の悪そうな女の人を見ませんでしたかと聞きこみをし、手がかりなしに終わり、次はどうしようと案じているとメールが入った。明石さんだ。

『浅草《あさくさ》神社。毎年初詣《はつもうで》に行った。近いやついたらお願い。三茶で事故があって通行止め。しばらく出られない』

浅草。銀座線で行ける。穂村さんは東京駅にいて手が空かないらしい。俺は『上野から急行します』と返信し、また地下に潜った。

土曜の午後の浅草は、スカイツリーの観光客でごったがえしている。大きなちょうちんの下をくぐって入った仲見世《なかみせ》はテーマパークのような賑わいだった。着物屋、人形焼き屋、あんず飴《あめ》の屋台。観音堂《かんのんどう》まで歩いて、すぐ右側にあるのが浅草神社だ。境内《けいだい》は仲見世の喧騒《けんそう》が嘘のように静かだった。阿吽《あうん》の狛犬《こまいぬ》が、白砂の上でのんびりしている。そして。

長い黒髪の女性が、境内のベンチに座っていた。

牛乳パックのようなものを手にして、のんびり脚を投げ出して。俺に気づくと、ちょっと手を振ってくれた。変な声が出た。

「真美さん……！」

境内を走ると足がざくざくと白砂に沈んだ。冗談がきつい。俺が隣に座ると、真美さんは飲み物のパックを足元に置いた。酒と書いてある。ほとんど空っぽのようだ。

「たつきが教えたの？　あんたたちはひとのプライバシーを何だと思ってるのよ」

「すみません、本当にすみませんでした。俺が悪かったんです。リチャードは何も」

「わかってるわよ」

もうどうでもいい、と真美さんは笑った。捨《す》て鉢《ばち》な顔だった。初夏の東京を走り回っている明石さんと穂村さんにはあまり見せたくない姿だ。

「初詣を思い出すわ。このあたりはすごい人出なのよ。たつきの実家は呉服屋さんでね、毎年二人で着物で参拝してたの。おきれいですね、姉妹ですかって聞かれるたびに、たつきは『違うわよ！』って言って、笑っちゃうでしょ……お焚《た》き上げってイベント、知ってる？　一年家を守ってくれたお札を、昔はここで燃やして、炎で供養してたの。燃やすお札やお守りを、山ほど積み上げて……」

「二人に電話します。穂村さんも明石さんも、すごく心配して」

「もうちょっとでいいから話を聞いてよ。電話はそのあとでもいいでしょ」

「よくありませんよ！　二人とも本当に必死で」

「あれを見るたび、誰かが私のことも燃やしてくれたらいいのにって思ってた」

真美さんは咳《せき》をした。俺が連絡しようとすると、スマホに手を伸ばしてやめてという。別に俺と二人で話したいわけじゃないことくらいわかる。話したくない相手がいるだけだ。

「……ここでこのまま、ずっと酒飲んでるつもりですか」

「そんな気はなかったのよ。ちゃんと決めようと思ったもの」

彼女は夢見るような顔で言葉を続けた。俺のことは見ていない。

「うまくいくと思ったんだけど駄目だった。自分が何をしようとしてるのか頭ではわかってるのに、全然体がいうことをきかないの。眠れないし、食べても食べても吐くだけで、気持ち悪いくらい痩《や》せちゃった。穂村さんはあんなにいい人なのに……きっと私には男の人と結婚なんて無理だったのよ。心底自分にうんざりしたわ」

「別にいいじゃないですか、無理に結婚なんかしなくたって！　それに、目的のある人間関係なんて、恋愛から一番遠いところにあるものだって、俺の上司も」

「わかってるのよそんなの。でも誰が何と言おうと、私は私を好きじゃないし、『それでいい』と思えないの。好きな男の人と結婚して幸せを感じるような普通の女の人に私は憧れていて、そういう人じゃない自分が嫌いなの」

叫ぶような声のあと、真美さんは自分自身を笑い飛ばすように、喉《のど》から笑い声を絞り出した。聞いているだけで胸が痛くなるような声だった。

去年の四月の終わり、新宿の大通りをパレードしている人たちを見た。虹色のフラッグをかかげて仮装して、同性のパートナーと肩を組んで。ゲイ・パレードだよと誰かが教えてくれた。女の人しか好きにならない女性も、男の人しか好きにならない男性も普通にいて、差別や偏見を根絶しようとしているんだと。

でも真美さんの悩みは、そういう人たちだけの話とは違う気がする。

だってこれは俺にも身に覚えのある感覚だ。

「自分が『普通』と違うって……死ぬまで一度も感じない人、いるのかな……だって生まれとか、親とか、嗜好《しこう》とか、自分じゃどうしようもないことですよね？　人間ってみんな、一点物なのに。変えられるものと変えられないものがあるのに」

「カウンセラーやったら？」

「しっかりしてくださいよ！　真美さんを好きな人だっているじゃないですか！」

「どうせ私といたって、たつきは……」

真美さんは言葉の途中で、また変な咳をした。何だか頭がぐらぐらしている。

「……迷惑をかけてごめんなさい。あなたには関係ないのに。こういう方法しかなくて」

「こういう方法？」

俺が尋ね返した時、真美さんの体がどっと白砂に倒れた。空っぽの紙パックが音もなく倒れる。口の空いた茶色のショルダーバッグから、ビニール袋に入った薬のパッケージがいくつも出てきた。中身は全部空だった。酒で薬。最初からこの人は。

「真美さん！」

叫んでも頬《ほお》を叩いても、意識が戻らない。どうしたらいい。吐かせるのか。どうすれば。

わからない。病院。そうだ病院に連れていかなければ。救急車。

スマホで救急車を呼びながら、俺は走った。近くに社務所や人の影は見当たらない。一番近い出店まで走って助けを求めると、裏が病院だようと言われた。裏？　裏ってどこのことだ。雷門《かみなりもん》、日本庭園、五重塔、観音堂、神社、このあたりには死んだ人を丁重に弔《とむら》うための設備が山ほど揃っている。冗談じゃない。病院はどこだ。

俺は走って神社まで戻った。人が一人倒れているのに、小さな神社は嘘のように静かだ。救急車がすぐに来るとは限らない。背中に真美さんを担《かつ》ぎ、覚悟を決めた時、けたたましいクラクションの音が聞こえた。観音堂の裏手の、バス用の巨大な駐車場に、メタリックなダークグリーンのスポーツカーが止まっている。ボンネットについている銀色の動物のシンボルはなんだろう。虎？　違う、ジャガーだ。

モーター音をたてて、運転席の窓ガラスが開いた。

金髪の男が俺の名を呼んだ。嘘だろ。

「リチャード！」

真美さん、睡眠薬と俺が叫ぶと、リチャードは後部座席の扉を開けた。灰色の革張りのシートがつやつや光っている。何なんだこの持ち主の化身みたいな車は。

俺がシートベルトを締めるのを待っていたように、リチャードはフロントガラスを確認し、ギアを切り替え、独り言を言った。

「私は外国人なので、日本の交通標識のことは、寡聞《かぶん》にして存じあげません」

後輪で白砂を巻き上げて、鋼鉄の馬は豪快に方向転換した。


土曜日の十一時半、定刻ぴったりに彼女はやってきた。ロイヤルミルクティーもほどよい温度になっている。

「お待ちしておりました。おかけください」

長かった髪を、真美さんは耳の下でばっさり切っていた。初めて会った時より血色もよくなった。でも雰囲気が明るくなったように見えるのは、そのせいだけではないだろう。

真美さんは俺の顔をまっすぐ見て、微笑みかけてくれた。

「久しぶり。元気にしてた？　私はね、先月浅草で死にかけたわ」

「知ってますって、冗談きついなあ。もう体は大丈夫なんですか？」

「元気よ。婚約は破棄して、今は新しい仕事を探してるところ」

二週間前、浅草の病院で俺たちはひたすら待ち、祈った。明石さんと穂村さんが疲労困《こん》憊《ぱい》で到着してもまだ、緊急救命室の扉は開かなかった。

日が暮れたあと、もう大丈夫ですよと看護師さんがやってきた時、俺の隣に立っていた明石さんは奥の部屋に飛び込んでゆき、ベッドの真美さんに抱きついて泣き崩れた。ぼんやりと意識の戻った真美さんは、白い腕で明石さんの頭をゆっくり撫《な》でていた。

穂村さんは身じろぎもせず、二人の姿を黙って、遠巻きに眺めていた。もう二週間も前の話だ。

リチャードは奥の部屋から宝石箱を持って戻ってきた。砂州さんが明石と名乗って持ってきた穂村さんからもらったルビーだ。ややこしい。ビニールカバーに包まれた、三つ折りの鑑別書も一緒に。

「三・〇五カラット、トリプルAクラス、石はミャンマーのモゴック産でしょう。非加熱の特品です。一千万円はかたいかと」

俺は危うくお茶の盆をひっくり返しそうになった。一千万。いっせんまん。ぽんと放り出していった宝石が。

真美さんは金額に少しだけ驚いたようだったが、そうですかとだけ言うと、あまり気乗りしない表情で、久々に戻ってきたブローチを見つめた。鏡でも見ているような顔だ。

お茶を出したあと、俺は思わずあのうと声をかけていた。

「どうしてヒートのことを確かめに来たんですか？　穂村さんに聞けばよかったのに」

「……おみくじみたいな気持ちだったんです」

真美さんは俺とリチャードを見て、ぽつりぽつりと語り始めた。このブローチは穂村さんが手持ちの石を加工会社に渡し、真美さんの誕生日に合わせてオーダーメイドしたものだという。マリッジブルーを解消するためのプレゼントで、指輪だと結婚を意識しすぎて気持ちが落ち込むかもしれないからとブローチに。

「少し調べて、加熱のことを知りました。ルビーには加熱して発色をよくする加工が一般的だって書いてあって……ちょっとびっくりしました。何となく石って、みんな出てきたものをそのまま削っているんだと思っていたから」

真美さんは箱の底を持って手を動かした。鳩の血色の石が、光を受けてきらきらと輝く。

「加熱加工って、ここ何十年かで発達したものだから、百年後に石がどういう状態になるのかは誰も知らないんですってね。本当ですか」

「現在の加工技術にのみ焦点を絞れば、そう述べることも可能でしょうが、ルビーの加熱自体は三百年以上前から行われていたことです。処理の歴史はとても古いものですよ」

「美しさの追求の歴史、ってことですね」

真美さんは口の形だけでいびつに笑ったあと、しばらく黙って、ぽつりと呟いた。

「自分の決断に後悔はありませんでした。ずっと私はそういう人になりたかったんだし、間違ってないんだって。でも……結婚が近づいて初めて自分のやっていることが怖くなりました。だから」

確かめてみようと思ったんです、と真美さんは言った。

もしこのルビーが、加熱処理されたものであったら、穂村さんと結婚する。非加熱のルビーだったら、考え直す。それが真美さんの『おみくじ』だったという。あれ？

「逆じゃないんですか？　非加熱できれいな石のほうが高級なんですよ」

「だったらなおさらそんなものを私にくれようとしている人と結婚なんかできない。私のことなんかどうでもいいと思ってくれたらよかったのに」

何のこっちゃと俺は眉毛をぐねぐね動かした。リチャードは何も言わない。俺が渋い顔をしている理由を、真美さんは勘違いしたようだった。

「あの人も悪い人じゃないのよ。探偵のことはびっくりしたけど、根は誠実で一本気なの。時々暴走するところもあるみたいだけど……本当に優しい人なのよ」

いまだに穂村さんがどういう人なのか俺にはわからない。まだ釈然としない部分はあるけれど、そこまでの悪人とも思えない。だからこそ彼女だって結婚を考えたのだろうし。

真美さんは少しずつ、喋ってくれた。

「今までとは違う自分に生まれ変わるつもりだったのに、摂食障害は出るし、気持ちはボロボロだったし……どうすればいいのか誰かに教えてほしかったんだと思います。このお店は、銀座の飲み屋さんの女の子に教えてもらったんです。あんまり流行《はや》ってない宝石店があるって。ルビーのブローチは、穂村さんにお返しします」

くれるって言ってくれましたけど、と呟く真美さんは、目を閉じて首を左右に振った。彼には本当に何て言ったらいいのかと、呟く声は苦かった。

「話しづめは疲れるものです。よろしければお茶をどうぞ」

リチャードに促され、真美さんはお茶を一口飲み、んっと目を丸くすると、俺の顔をまじまじと見た。

「…………これ、おいしいのね。ありがとう」

店長の直伝ですと俺が得意顔をすると、真美さんは苦笑いしてリチャードを見た。

「『目的ありきの人間関係なんて恋愛じゃない』でしたっけ。すごい言葉」

リチャードは肩をすくめた。あんな時に言ったことを覚えていたのか。俺がちょっと気まずそうな顔をすると、真美さんはお返しと言って笑った。

「助けてくれてありがとう。昔からずっと死にたくてたまらなかったのに、こんなこと言う日が来るなんて、何だか不思議だわ」

またそんなことを。本当に大丈夫なんだろうか。

リチャードは鑑別書を取りだし、『依頼人』という部分を示した。真美さんは目を見開いた。名義は『明石真美』と書かれている。

「訂正が間に合いませんでした。一つ教えてください。何故偽名を使ったのですか」

「………ごめんなさい。自分でも本当にわからないんです。たつきと一緒に暮らしていた時に、ふざけてたまに使った名前だったんです。最近は口に出したこともなかったのに」

真美さんは俺のいれたロイヤルミルクティーをもう一口飲んでくれた。百パーセント晴れやかとは言えないにしろ、表情はすっきりしているように見えた。でもやっぱり俺にはわからない。

「あの……答えてもらえなくても全然構わない質問なんですけど、何で無理にでも男の人と結婚しようと思ったんですか」

「何でって、それが世界の大多数の人の『普通』だったから」

俺がきょとんとすると、真美さんは言葉をついだ。

「あなたの友達で、同性のパートナーと一緒に暮らしてる人はいる？　多分いないでしょ。差別とか風当たりとか、そういう問題だけじゃなくてね、こういうのは砂漠の真ん中で家庭菜園やるみたいなしんどさがあるのよ。何で私だけ、他の人がしなくていい苦労をしなくちゃいけないのって。こういうの隣の芝生《しばふ》って言うのかしらね」

「でも、そもそも結婚しようと思わない人だっているのに」

「ああ」

真美さんは、彼女の家の教育方針のことを聞かせてくれた。『他人に迷惑をかけないこと』。『無用に目立たないこと』。普通に生きて、普通に学校に行って、普通に結婚して、普通に子どもを産んで、普通に育てて、普通に歳《とし》を取る。それが一番苦労せず、目立たず、楽に生きる方法なのだと。たとえるなら、量販店で売っているMサイズの服が合う体形を保ち続けるように。Mサイズ。一番着る人が多いサイズ。

彼女の中学の修学旅行中、巨大な台風の襲来で、家は流され家族は全員死亡した。痛ましい事故は全国紙で報道されたという。かなり目立ってるわよねと、彼女はあまり顔を動かさずに笑った。

「たつきは私と正反対。『普通』なんか嫌いなの。自分で自分の服を作っちゃうような人よ。出会ったころは憧れたけど、二人暮らしは貧乏だったし先も見えなかったから、やっぱり『普通』がいいって思ったの。もっと楽に生きたいなあって。正社員の仕事も決まったし」

「でも結局、全然楽じゃなかったわけでしょう」

「うん。死ぬほど」

真美さんはあははと笑った。神社で聞いた捨て鉢な声よりも明るい。でもちょっとまだ、心配だ。

「もうあんなこと、しないほうがいいですよ。真美さんに何かあったら、死ぬほど悲しむ人がいて、真美さんが自分を大切にすると、その人たちを大切にすることにもなるんですよ。何か、説教みたいなこと言ってますけど、本当ですよ。わかりますか」

「そうね……うん、何だかちょっと、信じられない話。変よ。家族でもない赤の他人なのに、私が自分を粗末にするだけで、傷つく人がいるなんて」

「それは、変ですよ。心底人を好きになると、人ってどんどん変になるでしょ……変で当たり前です。好きになるって、そういうことじゃないのかな」

真美さんは沈黙していた。この人はひょっとしたら、自分を好きな人がいるということが、信じられないのだろうか。自分のことが好きじゃない人は大勢いると思うけれど、自分のことを本当に殺したくなるほど激しく嫌っている人は少数派だろう。

でも今の彼女は、何だか――耐えきれないくらい、切なそうで、申し訳なさそうで。胸苦《むなぐる》しくなるほど、幸せそうに見えた。

ちょっと目元をぬぐってから、真美さんはつんけんした女王さまのような顔で俺を見た。

「あなたって年下に見えないわ。生意気って言われない？」

「誰かさんが子どもっぽいだけじゃありません?」

「ほんっと可愛くない命の恩人」

俺がにーっと笑うと、真美さんはちょっと恥ずかしそうに笑った。彼女のために東京中を駆けまわり号泣する人の気持ちが、初めて少しだけわかった。不器用な人なんだろう。

黙って聞いていた店主は、無言でうなずいたあと、一口飲んでカップを置いた。

「砂州さまは、カラットという単位をご存じですか」

このルビーの三・〇五カラットみたいな? と真美さんが確かめると、その通りですとリチャードは頷いた。そして俺を見た。

「正義、カラットが何を表す単位か、まだ覚えていますか」

「……宝石の重さの単位なんだろう。〇・二グラムで一カラット」

返事はグッフォーユーだった。そういえば、何でグラムじゃなくてカラットなんだと、この店で質問した覚えがある。真美さんが初めてやってきた日だ。

「古代ギリシャの金細工師は、イナゴマメの実を錘《おもり》に、宝石の重さを量っていたと言われています。一粒あたり大体〇・二グラムです。イナゴマメは地中海周辺で『ケラチオン』あるいは『キャロブ』と呼ばれていたため、これが訛《なま》って『カラット』になりました」

豆一個、一カラット。

豆と宝石を天秤ばかりにかける、白い服を着た巻き毛の人を、なんとなく俺は想像した。確かに豆と宝石なら、重さもサイズも似ている。何千年前の風景だろう。

「要するにこの単位は、宝石職人による、宝石のための、宝石にしか使わない、オーダーメイド的な単位ということです。センチメートルやキログラムに比べれば汎用性《はんよう》は格段に劣りますが、宝石の重さをはかる時には依然として有用です。もちろん何グラムと言い換えることも可能ですが、それでも私は多くの度量衡《どりょうこう》が存在する世界のほうが、生きやすく、美しく、豊かであると考えます」

真美さんは、何か悟ったように、ふふっと笑った。

「クールに見えて情熱的ですよね。私もそういう豊かな人になれるといいんですけど」

「己の宇宙は誰しもが持っているものです。違いはそこに背を向けるか、己の海として豊かに育《はぐく》んでゆくかでしょう。先ほどおみくじと仰いましたが、石は主を映す鏡です。あなたが望んでいない答えを導き出すものではありません」

「…………」

「砂州さまがここにいらした時、既に答えは出ていたのでは」

「……私だけが、それを知らなかったってことですね」

リチャードは凪《なぎ》の海のような、穏やかな微笑を浮かべた。この男はこんな顔もできるのか。真美さんは力なく笑った。この顔をスルーできるのだから、彼女も大した女性だ。

「それで鑑別書の料金ですけど、おいくらでしたっけ？」

リチャードは札入れから名刺を一枚、抜き出した。リチャード・ラナシンハ・ドヴルピアン。初来店のお客さまは他にもいたけれど、これを渡すのを見るのは初めてだ。

「お代は結構です。今のあなたに必要なのは宝飾品の類《たぐい》ではなく、あなた自身の輝く美しさに目を向けることだと思いますので。いつか本当に、ご自分の輝きに寄り添ってくれる宝石が欲しいと思った時には、ご連絡ください。とっておきの品物をお約束します」

「……ありがとうございます。本当にお世話になりました」

真美さんは深く頭を下げて、ルビーのブローチをショルダーバッグにしまうと、店を出て行った。

少し心配になって、時間差で見送りに出て行った俺の目の前を、二人乗りのバイクがエンジンをふかして駆け抜けていった。

「……神戸の帰りの新幹線でも思ったけど、お前ってかなり人情派だよな。目先の利益より、お客さんを大事にしてるだろ。『損してトクとれ』ってやつか」

「損と言うほどでもありません。穂村さまとつながりができました」

「穂村さん？」

「あれからもう一度お会いしましたが、ご一家は大変意欲的なジュエリー・コレクターでした。次にお会いする時に、何点かまたお見せする予定になっています」

さすが世界をまたにかける商売人だ。確かにあんなにすごい石を持っていた相手なら、摑まえておいて損はないはずだ。でも照れ隠しに聞こえなくもない。

「穂村さん、何か言ってた？」

「いい石があったら見せてほしいと。それ以外は何も」

「……そうか」

あの人も不思議な人だった。本当に愛している相手に『浮気していい』なんて。

いや、でも。

本当に好きで好きで、どうしようもない相手ができたら、一番愛してもらえなくてもいいから、傍にいてほしいと思ったりするんだろうか。どんな形でも、何を譲っても。

それなら少しだけ、わかる気がする。

でも『気がする』だけだ。死ぬほどの苦しみを本当にわかるなんて言えない。

「……なあリチャード、俺、初めてレズビアンの人とあんなに喋ったよ。新宿でやってたパレードを見たからさ、ああいう人って自分の性癖を隠してはいても、誇りを持ってるんだって勝手に思ってたけど、みんながみんなそうでもないんだな」

「日本人は皆、寿司が好きで相撲を観ますか？　『ああいう人』と十把一絡《じっぱひとから》げに判断することは、精神を檻《おり》に閉じ込めるに等しい蛮行《ばんこう》です。加えて統計によれば、人口の五パーセントから十パーセントは同性愛者ですよ。あなたが彼らの存在に無頓着なだけでしょう」

「…………」

確かに自己紹介する時、わざわざ男と女のどっちが好きですなんて言わないし、尋ねない。今までそんなことを考えたことはなかったと思う。気にしたこともなかった。だって俺にとっては異性が好きなのが——普通だったから。

俺には当たり前のことが、真美さんには感動的な事実だったように、真美さんやリチャードには当たり前のことが、俺には全然わかっていないのかもしれない。この店にいると今まで見ていた世界が別の姿に見えてくるようなことばかりだ。夜勤のバイトとは正反対だ。正直足元が揺らぐみたいで、たまに怖い。でもここを離れたいとは思わない。

「正義。アルバイトとして雇用する時にも確認しましたが、あなたは」

「『人種、宗教、性的嗜好《しこう》、国籍、その他あらゆるものに基づく偏見を持たず、差別的発言をしない』だっけ。わかってるよ。あとお前のそういうところ、俺かなり好きだよ」

「偏見の有無は好悪の問題ではなく、人間が人間であるための最低条件です」

そういうところが好きなんだと言うと、リチャードは咳払いをした。

「以前から思っていましたが、あなたは不用意な発言で痛い目を見たことがあるのでは？」

不用意な発言で痛い目？　何だろう。物心ついて以来、俺は人を傷つけるようなことはするなとばあちゃんに口を酸っぱくして言われてきた。中学の時ひろみに『鬼ババ』と言って激辛炒飯《チャーハン》を食わされた経験も相当効いていると思うけれど。貶《けな》すくらいなら褒める。そのほうがお互いのためだ。

ないと思う、と俺が笑顔で答えると、リチャードは青い瞳を眇《すが》めた。呆れ果てたとでも言いたげだ。わけがわからない。いや待て、これはテストか？　懐《ふところ》の広さの？　確かに今回の騒動の原因は、俺がお客さんの情報を不用意に漏らしたことだ。試す理由はある。

何かを求めるようなリチャードの顔に、俺はにっこり微笑み返した。

「お前、しかめっ面してる時でも、びっくりするほどいい男だと思うよ」

好きなだけ試せばいい。これが答えだ。俺だってあれから猛省したのだ。

途端、リチャードは仏頂面を引っ込めて、笑った。すとんと何かのスイッチが切り替わったようだった。何だろうこの、氷の人形のような微笑は。美しすぎて怖い。

「ありがとうございます、あなたの視座が非常によく理解できたように思います」

「そ、そっか。よかったよ。でも、何かお前……雰囲気怖くないか？」

「店の常備菓子が切れています。買ってきていただけますか」

領収書を忘れないでくださいねと言ったリチャードは、おつかいメモと一万円札を俺に渡し、他にも好きなものがあれば買ってきていいと言った。ありがとうと言って店を出てから、俺はおつかいメモを広げた。千疋屋《せんびきや》メロンゼリー。松屋《まつや》バーム。清月堂《せいげつどう》水ようかん。資生堂リーフパイに、期間限定レモンチーズケーキ。何で一気にこんなに甘い物の名前が出てくるんだ。これ全部一度に買ってこいってことか。

『多すぎる。全部は無理だ。何考えてるんだ』

メールを送ったのと入れ違いに、新着メールが入ってきた。リチャードではない。谷本、という文字に、俺の心は踊った。踊りまくった。

『正義くんこんにちは！　浅草でスポーツカーに乗ってたってほんと？　仲見世でアルバイトしてる友達から、運転すごかったって聞きました。面白いかくれんぼだね！』

誤解だ。かなり誤解がある。しかも尾ひれがついている。

トーク画面を行き来している間にリチャードから返事が来た。ボコボコ一気に何通も。


『こんにちは。少し長いメールになります』

『出会って以来あなたに感じていた思いの丈《たけ》を、この場を借りて伝えようと思います』

『あなたはおよそ人が思い描くことのできる、魅力の塊のような相手です』

『何より特筆すべきは、時に愚直なまでに人を称賛する素直な心持ちでしょう』

『あなたの働いている姿を見るたびに、私の胸は馥郁《ふくいく》たる幸福感で満たされます』


は？　何だこれは。

愛の告白？　ありえない絶対ありえない。リチャードが俺に冗談？　どうしてまた？

立ち尽くし、一連のメールを読み返し、もう一度読み返し、四度読んで俺は店を出る直前の会話を思い出した。そういうところが好き。仏頂面でもいい男。

ざあっと音をたてて全身の血がひいてゆく音が聞こえそうだった。『不用意な発言』はネガティブワードに限った話じゃなかった。逆だ。確かに俺は試されていたけれど、意図がまるでわかっていなかった。確かに貶しはしなかったけれど、あれじゃまるで——。

動悸《どうき》息切れと戦っていると、補足のメールがやってきた。

『さて、不用意な称賛の言葉の効能がおわかりいただけた頃合いでしょうか』

『どれほど無邪気で美しい言葉でも、意図した通りに受け取られるとは限りません』

『不用意で鈍感な言動を繰り返せば、いつか巨大なツケを支払う羽目になるでしょう』

『もろもろご理解の上、舌禍《ぜっか》の種の根絶をお勧めします。　リチャード』

気障《きざ》ったらしい上にまわりくどい。人にどうこう言えた口か。

何と言い返そう、いっそ今から店に戻って明石さんのように一発、と思っていると、またしても一通来た。もう見たくない。画面が切り替わったことには送信後に気づいた。

『スポーツカーは正義くんの車？　今度見せてね！』

俺の『わかったよ！』という返信は、谷本さんのメッセージにくっついていた。

因果応報という言葉がある。おつかいの品を全品買って店に戻った俺を、リチャードはすました顔で出迎えてくれた。リチャードは悪くない。全くもって悪くない。悪いのは俺だ。わかっているけれどやりきれない。

今後お客さまの情報は厳守する。絶対守ると誓う。だからどうか神さま仏さま、リチャードさま、もう勘弁してください。

case. 3

アメシストの加護

二日酔いの胃袋の違和感を、何て言えばいいんだろう。

苦しい。重たい。じめじめした妖怪が憑《と》りついているようだ。これが今まで当たり前に自分の体におさまっていたなんて信じられない。胸に扉を開けて、胃袋だけ摑《つか》みだしてしばらく天日干しにしておきたい。乾いた頃にとりこんで戻したら、えぐみも淀《よど》みもムカムカもおひさまに溶けているだろう。

土曜日の朝、呻《うめ》きながら銀座《ぎんざ》の店に入った俺は、リチャードの剣呑《けんのん》な視線に迎えられた。

「おはようございます。どうしました、その有様《ありさま》は」

「昨日ゼミの飲み会で……」

「帰宅後シャワーを浴びましたか」

「……そのまま寝て」

「なるほど」

リチャードは立ち上がって、懐《ふところ》から札入れを取りだし、千円札を俺に突きつけた。

「新橋《しんばし》駅前にコインシャワーとランドリーとコンビニエンス・ストアがあります。五十分でシャワーを浴びて服を洗い、ミントのガムを嚙《か》んで戻ってきなさい」

「ホストの店じゃないんだからさ……」

「宝石店はホストクラブより遥《はる》かに清潔感が重要だと存じますが、いかがですか」

青い瞳には取りつく島もない。これはもう、何を言っても無駄だ。

「五十分以上超過した場合は遅刻として扱います。オンユアマーク、ゲセット」

「わかった、わかったよ！」

「ゴー。おつりは返すように」

いってきますと怒鳴って、俺はえっちらおっちら階段を下った。最近リチャードは俺にきつい。ルビーの一件以来、容赦《ようしゃ》がなくなった感じがする。別にお客さま扱いされたくてバイトを始めたわけではないので、正直少しほっとしているけれど、今回はやりすぎだろう。

と思ったが、自分の肩に鼻をあてて深呼吸したら考えが変わった。俺が悪い。これは百パーセント俺が悪い。鼻が曲がるってこういうことを言うのか。

サラリーマンとホームレスに交じってシャワーを顔面から浴び、洗濯機でごろんごろん回っていた服を引っ張り出し手足を通して、コンビニで買ったガムを丹念に嚙み紙に吐きだし店に戻ると、驚いたことに、客がいた。

男の人だ。

「へえ、店員さんが重役出勤？　うちの店だったらぶっとばされるな」

どうもー、とへらへら挨拶《あいさつ》してくれた男の人は、皺《しわ》の寄った黒いスーツに、ワインレッドの開襟《かいきん》シャツを着ていた。向かい合わせに腰掛けるリチャードは、腕時計を確認した。まだ四十八分だ。セーフだろ、まだセーフ、と俺が野球式のハンドサインを送ると、リチャードはお茶をお願いしますと俺を促した。語調が丁寧だ。セーフらしい。

「あれー、返事がないぞ。『喜んでー！』は？」

「何度も申し上げますが、宝石店ですので」

「悪いね。癖でさ」

噂《うわさ》をすれば何とやら。本物のホストさんのご来店らしい。

氷をたくさん入れたロイヤルミルクティーを持ってゆくと、お客さんはどうもねとウインクした。金から茶色のグラデーションの髪、少し荒れた小麦色の肌、大きな声。二十代後半くらいだろうか。高槻《たかつき》さとしですと男は名乗った。源氏名には少し地味だから、本名か。

「んー、お客さんと話が弾みそうな石が欲しいんだよね。女性ってきれいなものが好きだろ。できればなるべくお手頃なやつ。聞いたよこの店。けっこうお安いんでしょう？」

「いろいろな方にご贔屓《ひいき》にしていただいておりますので」

「本当に日本人みたいに喋るなあ！　ご両親がどっちか日系人？」

「そういうわけではございませんが」

「この国じゃナンパ百発百中だろう？　あんた職業選択間違ってるんじゃないかな」

「お客さま、お茶請けは何にしますか。甘いのとしょっぱいのありますけど」

「甘いのが好きだよ。別料金？」

「いや、ただのおもてなしです……」

「さすが銀座！　気前がいいねえ」

リチャードは礼儀正しく一礼し、席を立った。奥の金庫から商品を出してくるのだろう。イケメンだよなあと高槻さんは感嘆し、俺に同意を求めてきたので、苦笑いでお茶を濁した。この人が持っているとカップが酒のグラスに見える。胸やけが戻りそうだ。

確かにリチャードは俺の知る限り一番きれいな人類ではあるけれど、最近は思っても口に出さないようにしている。またあんな逆襲を受けたら堪《たま》ったものじゃない。『きれい』と言ったって、別に『付き合ってください』と言っているわけじゃなし。そういう大切なことはここぞという局面で一番大事な相手にだけ言うものだ。いやそもそも俺のエンジェル谷本《たにもと》さんにそんな軟派なことは言わない。むしろ言えない。

あれ。

じゃあ俺はいつ、彼女に付き合ってほしいと伝えられるんだろう。

谷本さんとはたまにメールをする。話題は主に石、というか石ばかりだ。彼女の好きな標本や、ちょっと変わった石のある風景写真を見せてもらったりする。崖っぷちに大量の丸い穴があいている犬吠埼《いぬぼうさき》の地層とか、灰色の奇岩が並んだアイルランドの海辺とか。彼女と出会わなかったら、俺は地球にあんな場所があるなんて一生知りもしなかっただろう。石の世界にのめりこんでいる時の谷本さんは、可愛《かわい》いというより情熱的で、ダンディだ。そしてものすごく返信が速い。

でもやりとりの締めはいつも憂鬱《ゆううつ》になる。

少し長いやりとりをすると、彼女は末尾に『今度スポーツカー見せてね』とつけ加える。だんだん結びの挨拶みたいになってきた。誤りとはいえ力いっぱい『わかってるよ！』と返事をしてしまった手前、俺はいつも馬鹿みたいに『そのうちね』と返事をしている。

恋愛に翻弄《ほんろう》されるのではなく、商売として恋愛を嗜《たしな》んでいるのであろうお客さまが、俺は無性に羨ましくなった。高槻さんはにやっと笑った。

「どうした青少年。恋の悩みか」

「えっ……エスパーですか？」

「男がホストを見る時の目には二種類あってな、『いけすかない』か『うらやましい』だ。恋愛中のやつは『うらやましい』って顔をするもんだよ。当たりだろ」

「恥ずかしいなあ。すごいんですね、ホストって」

「素直なのも才能だぞ、君もホストに向いてると思うね」

「お待たせいたしました」

リチャードはテーブルの上に黒いベルベットの箱を置いた。お中元のそうめんの箱くらいの大きさで、俺は勝手に玉手箱と呼んでいる。よくある宝石箱と同じ、本体と蓋《ふた》が背中でつながっているタイプで、蓋を開けたところは動物園のワニみたいだ。

玉手箱がゆっくりと開くと、高槻さんは目と口を丸くした。この店に来る人間は、みんなこのリアクションをする。

四段並んだ黒いクッションの上の、宝石の行列。金具も何も付いていない、そのままの石。赤、緑、紫にピンク。何でもござれだ。色とりどりの宝石たちは、先制のジャブみたいなものだ。高槻さんは目を見開いたまま、しばらく笑って、深い溜め息をついた。

「ちょっと感動しちゃったよ！　一生に一度でいいから、こんな風に石を見せてほしいってやつは腐るほどいるんだろうな。仲間に宣伝しとくよ」

「おそれいります」

「でも俺が強盗だったらどうするんだ？　鷲掴《わしづか》みにして逃げたりして」

「監視カメラがございますし、そちらの店員は格闘技の有段者です」

「あははは。冗談冗談。しっかりしてるね。でもみんな高そうだなあ」

こういう時日本では勉強させていただきますと言うそうですね、とリチャードは如才《じょさい》なく微笑《ほほえ》んだ。商売上手だねと笑う高槻さんは、箱の上に身を乗り出した。

「どの石をお選びになられても、宝石にはそれぞれ芳醇《ほうじゅん》な物語が秘められているものです。お話にはこと欠かないかと」

「芳醇な物語ねえ。でも正直な話、俺には『赤い石』『黄色い石』『紫の石』だよ」

「何かいいものがあれば欲しいというお客さまは、幅広く曇りない審美眼をお持ちの方です。手にとってご覧ください」

「……本当に職業を間違ってる気がするけどなあ」

リチャードは涼しい顔を崩さない。おかげで代わりに俺が苛々《いらいら》してきた。人の店にやってきて『職業を間違っている』とは何だ。高槻さんは軽く肩をすくめて、思い出したように適当な石を指さした。

「この赤いのはなんて石？　ルビーじゃないよね」

「ガーネット、ざくろ石でございます。高槻さまはお目が高いですね」

「いやあルビーはよその店で見たからさ。ルビーレッドって、もっと明るい赤だろ。こっちの緑のは？」

「驚かれるかもしれませんが、そちらもガーネットでございます」

同じ石なのかと二つの石を指さす高槻さんに、リチャードは頷いた。

「十九世紀のヨーロッパで大流行したガーネットが赤だったため、日本では『ざくろ石』の和名が定着しましたが、ガーネットの色は赤とは限りません。こちらの緑色はデマントイド・ガーネット、ロシア生まれの石です。探偵小説に登場する『青いガーネット』はフィクションですが、青以外の色でしたら、ガーネットにはおおよそ実在いたします」

「……ええと、何て名前だっけ」

「緑の石でございますか？　デマントイド・ガーネット」

「いやあんたの名前だよ、ご店主」

一拍、あった。リチャードは慇懃《いんぎん》な微笑を崩さなかった。

「申し遅れました、リチャード・ラナシンハ・ドヴルピアンと申します。ガーネットは一月の誕生石ですが、高槻さまはガーネットにご興味がおありですか？」

「なあリチャードさん、真面目な話、転職を考えたことはないの？」

「お客さまー、お菓子どうですか。水ようかんですよ」

「待て待て店員くん、空気を読め。俺は君の上司をスカウトしたいんだ」

だから助け船を出そうとしてるんだよ、と俺はリチャードにだけ見えるように顔をしかめた。涼やかな微笑を崩さない店主は、目を閉じて一礼した。

「高槻さまにも高槻さまの天職がおありのように、私にも私の選んだ道がございます」

「夜の世界は華やかだよ。宝石が好きならきっと気に入ると思うけどな。最近の六本木《ろっぽんぎ》なんてひどいもんだ、日本語が喋れるってだけで、十人並みの外国人ホストが一晩で何百万も稼いでる」

「ひとの世界の華やかさは百年ですが、こちらのガーネットが地中で形作られたのは一億年以上昔のことです。石の命は永く、人間の生涯に優しく寄り添ってくれます」

「ほらな！　俺はこういうホストが自分の店に欲しいんだよ！」

高槻さんはまた俺を見た。言いたいことはわかるけれど、これじゃあリチャードはセールストークの丸損だ。俺がちょっと嫌な顔をすると、高槻さんは口を真横に開いて、リチャードに豪快に微笑みかけた。

「歳《とし》は別に気にしてないんだ。若そうに見えるけれど、ホストではなく経営者側か。働いてみるのもいいんじゃないかな？　エイジレスな顔してるもんな。ここのお店やりながら働いてみるのもいいんじゃないかな？　小遣いになるし、宝石を欲しがる客も増えるよ」

「石をお求めになられるお客さまは誠心誠意ご案内いたしますが、私自身は商品ではありませんので、ご要望には添いかねます」

「じゃあこっちの店員くんを口説いてみるとするか」

リチャードの顔からスマイルがすうっと引っ込むと、高槻さんは気まずそうに両手を上げた。

「悪かった、悪かったよ。この紫はなんて石？　全部ガーネット？」

「……こちらはアメシストでございますね。クオーツ、水晶でございます」

「アメシスト！　俺でも名前は知ってるよ！　きれいだなあ」

「どうぞお手にとってご覧ください」

じゃ遠慮なく、と言って高槻さんはアメシストを指先でつまんだ。小指の爪くらいの大きさはある。俺のピンク・サファイアの倍は余裕だ。

二本指の谷間に宝石を置くといろいろな角度から眺められますよと、リチャードは自分の左手の人差し指と中指をぴったりくっつけ、実演したあと、高槻さんの指の間に石を載せた。高槻さんはにやっと笑った。

「きれいな指してるね。アメシストには何か、話はないのか？」

「そうですね、アメシストは人間との付き合いが非常に古い石でございます。歴史をひも解けば、先史時代の遺跡からも副葬品として出土しておりますし、古代エジプトでは高貴な人間が印鑑として活用していた記録もございます。ダイヤモンドやルビー、サファイアほどではありませんが硬い石ですので、日常の重要な局面に重宝されてきたのでしょう。二月の誕生石で、感受性や愛情など、豊かな心を育《はぐく》んでくれると言われています」

「そういう話はどこで覚えるんだ？　学校があったりするのか？」

「日々勉強です。仕事柄こういった情報と触れる機会も多々ございますし、お客さまの中には私どもより石に詳しい専門家の方もいらっしゃいます」

「面白い世界だなあ、ますますホストにスカウトしたくなったよ。で、お高い？」

五千円でございます、と。

リチャードが言った時、俺と高槻さんは揃《そろ》って変な顔をしてしまった。

「ん……？　桁《けた》、一個間違ってないか」

「五百円でも五万円でもございません。宝石に限らず、物の値段は需要と供給のバランスに左右されるものですが、アメシストは供給が安定しているため、ハイクオリティの石が比較的安価に手に入ります。こちらの石はブラジル、世界最大の産出国の石でございますが、数十年前までは日本でもよくとれました。山梨のものが有名でございますね」

高槻さんは何だか悔しそうな顔で、ぶどうの名産地だなと言った。リチャードは笑った。

「宝石のような果実の実る土地で、美しい石が産出するというのも、何やら不思議な巡り合わせでございますね」

「ひいきするなあ！　ぶどうがおいしいのは山梨だけじゃないぞ。まあ確かにうまいけどさ……変な話になったな。石の話を続けてくれよ」

リチャードは一礼し、再びおしゃべりする人形のように、立て板に水で話を続けた。

分類学的にいうと、『クオーツ』というのは、ルビーとサファイアの『コランダム』みたいなものらしい。他にも黄水晶、煙《けむり》水晶、薔薇《ばら》水晶といろいろ種類があるが、化学的にはほとんど同じ石なのでどれも硬さは一緒。鉱物愛好家のコレクターも多い。日光に当てすぎると色が飛んでしまうから保管には注意が必要。中世のヨーロッパではキリスト教の権力者に愛好されたので、霊的な力のある石としても大切にされてきた。占いの世界ではダウジング用のペンデュラムとして活用されることも。エトセトラ。エトセトラ。

リチャードはいつまでも石の世界を語り続けた。喋れと言われたらこいつは一日中でも喋りそうだ。目を閉じて声だけ聴いていたら日本人としか思えない発音と、高すぎも低すぎもせず、包み込まれるような不思議な柔らかさのある声で。でも俺が高槻さんだったら、途中でストップと声をかけるか、すみませんでしたと言って店を出ているだろう。俺には無理だ。目の前の猛獣に、同じ檻《おり》の中で曲芸を強《し》いるようなこと。怖すぎる。

お茶をいれ替えるついでに、そろそろいいんじゃないですかねと、俺は高槻さんの顔色を窺《うかが》ったが、当人はリチャードに夢中で俺のことなど見もしなかった。凄《すさ》まじい熱意だ。

「……そろそろ弾《たま》ぎれかな？　まだまだいける？」

「そうですね、では高槻さまは、『アメシスト』という名称の語源をご存じですか」

「もちろんさ、って言えたらいいんだけどねえ。何語？　英語？」

「ギリシャ語です。『アメテュストス』。『酒に酔わせない』という意味にあたります」

一瞬で、店の空気が変わったような気がした。高槻さんの顔が少しだけ真面目になった。リチャードも気づいただろう。

「へえー。酔い止めの宝石なんかあるの。パワーストーンってやつ？」

「古い言い伝えです。この石は美しいぶどう色をしていますので、そこからワインを連想したのでしょう。ワインを庇護《ひご》する酒神バッカスは、この石の持ち主にもまた加護を与えるであろうと」

「『酔わせない』、『酔わせない』ねえ……へえ、そう」

わざとらしい、気のない声を、高槻さんは言い訳のようにつけ加えた。これは買うだろうなと俺は思った。他の石も一通り見てから、高槻さんはやっぱりアメシストに戻った。

「これはそのまま売ってるの？　別会計で加工してもらえるの？」

「こちらのアメシストでございますか。お好みの形に加工いたします。指輪、タイピン、ブレスレット、他にもお好みのように。仕様によってかかる時間とご予算は変わります。デザイナーに発注してデザイン画を作ることもできますが」

「あーいい、いい。きっと何か、パターンオーダーみたいなのがあるんでしょう。そういうのでいいよ。タイピンはやめとこうかなあ、落としてもわかりにくそうだし。一番早いのは？　首飾りとかでもいいよ」

「……もし、他のお石でも構わないのならば、アクセサリーに加工済みのアメシストの在庫もございますが」

「あんたの打てば響く感じ好きだよ。じゃあそっちを見せてくれるかい」

リチャードがもう一度奥の間に戻って、玉手箱の中身を入れ替えて出てきてから、十五分で高槻さんは店を出て行った。アメシストのペンダントは三つあり、高槻さんは一番大きいのを選んだ。親指の爪くらいは軽くある、角の丸い四角形。周囲をぐるっと金の金具が囲んでいる。赤味のない朝顔みたいな紫色で、身に着ける時肌に刺さらないように尻の部分がまるっこくなっていた。鎖は地金《じがね》と同じ金。もともと女性用なのでとても細い。高槻さんが首につけたら、いかにも夜の世界の香りが漂うだろう。

金額は一万五千円。

おもちゃみたいだなあと高槻さんは笑った。

細長い宝石箱に入ったアメシストのペンダントを携《たずさ》えて、高槻さんは陽気に去っていった。転職の件、考えといてくれなと言い残して。

「……飲んでたのかな」

「しらふでしょう。役者のように陽気な方でした」

「あとで返品に来ると思うか？」

「来ないでしょう。ご自分の買い物に満足しているようでした」

リチャードはソファに腰を沈め、こめかみを揉んだ。珍しい。俺は片手鍋の中身をあけ、新しい茶葉を入れた。さっきの百倍くらいうまいのを作ろう。

「この店、本当に監視カメラがあるのか」

「警備会社と契約しています。お茶をいれながらあなたが歌って踊っても、私は気にしませんのでご心配なく」

店の出入り口の前にカメラがあるのは知っていたが、部屋の中が写るカメラもあるらしい。でもこのテナントに貴重品があるのは、リチャードが店にいる時だけだから、用心するべきは泥棒よりむしろ悪意のある客だろう。

「……俺、また空手で体つくろうかな。大学にサークルもあるし」

「アルバイトは生活を楽にするための手段では？　給料は上げませんよ」

「悔しいんだよ。俺がもうちょっと迫力のあるバイトだったら、きっとああいうことはないだろ。失礼だって」

「二日酔いでアルバイト先にやってくるほうが失礼という考え方もあります」

「…………大変、申し訳、ありませんでした」

「わかれば結構です。今日の件も過度に気に掛ける必要はありません」

「でも」

慣れています、とリチャードはつけ加えた。

色のない宝石のように、冷たい声だった。

今も昔も俺は百人並みの容姿なので、顔をほめられて有頂天になったこともなければ、けなされて落ち込んだこともない。そもそも容姿を誰かにあれこれ言われる経験のある男は、リチャードレベルの顔面偏差値の持ち主でなければ、そんなに多くないだろう。

今の病院に入る前、セクハラのひどい職場で働いていた頃の母親は、あんたたちのためにきれいにしてるわけじゃないのよと毒づきながら、ビールでくだを巻いていた。全く同感だ。

美しさは他人のためのものじゃない。見て嬉《うれ》しがるのは見るほうの勝手だ。でも好き勝手に扱っていいわけじゃないのは、わかっていたつもりだったのに。

「……あのさ、変な意味はなく、本当に変な意味はなく、誓ってそういう話じゃないんだけどな」

「前置きがくどくどしいのも失礼とは思いませんか」

「顔がいいとか、きれいとか言うのは……嫌がらせになってたのかな」

ごめん、と俺が言うと、リチャードは変な顔をした。しばらくしてから、あまり目元の表情は変えず、口元だけで笑い始めた。何だか不気味に子どもっぽい。

「ブロンドの人間に『あなたの髪は金色ですね』と伝えるのは侮辱ですか？」

「そういうナルシストなところは好きじゃないぞ！　ああっまたやっちまった……！　好きって言ってもな」

「しばらく黙りなさい。わかっていますから」

お気に、なさらず、とリチャードは繰り返し、商売道具を金庫に収めて戻ってきて、俺の注いだおかわりのミルクティーを一口飲んだ。

セクハラ野郎にはなりたくないと思っていたけれど、俺も大概無神経だったのかもしれない。こんなんじゃ谷本さんにだって、どんなことを言っているものやらわかったもんじゃない。反省だ。

リチャードはソファで一人、余ったようかんを食べていた。味は完全にこしあんなのに、見た目は透明で、中にふにゃふにゃした甘い素材の金魚と出目金《でめきん》が泳いでいる。以前、和菓子なんてミルクティーに合うのかと俺が尋ねたら、リチャードは据《す》わった目で、あなたはロイヤルミルクティーをみくびっていると言った。もうこれはある種の信仰に近い気がする。

　ちらちら見ていると気づかれたようで、正義《せいぎ》、とリチャードはようかんを見たまま喋った。

「……何だよ。見るなって言われれば見ないよ」

「あなたと私の間には、雇用関係以外の利害はありません。いくら容姿をほめられても給料を上げる気はありませんし、あなたもそのくらいはわかっているでしょう。下心のある称賛はフラッター、おもねり、お世辞です。ですが心の奥底から出てきた称賛の言葉は、ある種の感嘆符であり、それ以上でも以下でもありません。石はありのままで美しく、資産的価値に乏《とぼ》しいものであっても、その美しさで人をなぐさめ励まし、勇気づけてくれるものです。美の本来の価値とはそういうものだと私は思います」

「言ってることはわかると思う。それに近いよ、お前を見た時に感じるものって」

「ではあなたの『きれい』とは、『今日は晴れているから気分がいい』くらいの意味でしょう。気にしませんよ」

「恩に着るよ。またうっかり言っても、適当に流してくれると助かる」

　俺が苦笑いすると、リチャードは眉根を寄せた。何だろう。

「……私は気にしませんが、定めしあなたはこれまでも、無自覚に軽率な言葉で随分誤解されてきたのでは?」

「何だよ軽率って。俺が誰にでもホイホイ『きれい』って言ってるみたいじゃないかよ。変なこと言うなよな。俺は大多数の日本人と同じシャイ属性なんだよ。感動的に美しくなきゃそんなこと言わないぞ。ホストでもない限りはさ。正直お前の顔面レベルは人間やめてると思うし、いい天気っていうより、ダイヤモンドダストとかオーロラみたいに」

「もうしばらく黙っていなさい」

押し殺したような声で言ったあと、リチャードは黙々と生菓子を食べ、のみ込んでしまうと奥の間に消えた。珍しい、まだ一つ残っているのに席を立つなんて。

ブロンドを金髪と言っても侮辱にはならない式に考えれば、そんなに突飛《とっぴ》なことは言っていないと思うのだけれど、駄目だったんだろうか。『いつかツケを支払う羽目になる』というリチャードの言葉が怖いけれど、これから十分気をつければ大丈夫だと思いたい。もう勘弁してほしい。神さまお願いします。たまにしくじっても見逃してください。

俺が机を乾拭《からぶ》きしていると、渋面のリチャードが戻ってきた。心なし顔が赤い。

「なあ、何か、クッションでも叩いてたのか? ドン、ドンって鈍い音が」

「急にボクシングの練習がしたくなっただけです。あなたには全く何の関係もありません。お気になさらず」

店主は俺の顔を見ず、再び窓側のソファに腰を下ろし、手を組んだ。悩める顔をしている。腹具合がいきなり悪くなったという感じでもなさそうだ。いよいよ珍しい。

しばらくぼうっとしていたリチャードは、だしぬけに呟いた。

「……あのアメシスト、果たして彼の手に渡ってよかったのでしょうか」

「ええ？」

何でまた。セールストーク大成功だったじゃないか。

リチャードは組んだ手の中に鼻づらを埋《うず》めるように俯《うつむ》いた。

「石はいずれも、石本来の美しさを最も理解し、大切にしてくれる人の手に渡るのが、双方にとって幸せなことだと私は考えています。だからこそ今回は……何と言えばいいのか……そう、私も『軽率』でした」

「売らなきゃよかったってことか？」

「売ってよかったのかどうかということです」

どう違うんだ。リチャードにしてはおかしなことを言うものだ。売り渋りをする姿なんて初めて見る。慣れているなんて言っても、変なお客さんが来たらやっぱり嫌な気分になるものだろうか。いや、そういう苛々した感じは微塵《みじん》もない。

美貌《びぼう》の店主は、明日の雨を案じるような、物憂げな顔をしていた。

「欲しいものだから、買ったんだよ。宝石だって実用品だろ。お金を出してくれたってことは、アメシストにそれだけの価値があると思ってくれたからじゃないのか？　問題ないって」

「あながちそうとも限りません。彼が一番心を惹《ひ》かれていたのは、宝石の魅力ではなかったように思います」

「……じゃ、お前？」

黙っていろと命じるように店主は俺をねめつけた。違うとしたら何だろう、汲《く》めども尽きぬセールスの蘊蓄《うんちく》？　それとも銀座でのんびりできるこの店そのものとか？

よほど気になるようで、リチャードは憂いに沈んでいたが、俺には今一つぴんとこなかった。高槻さんはわざわざ心配するような人じゃないだろう。自分の仕事が好きな、ちょっと強引で面白いお兄さんという感じだった。確かにいくらか地に足がついていない雰囲気はあったけれど、ノリと勢いで生きているようなやつらは、俺の大学にだってごまんといる。

「悩むことないと思うけどな……宝石を買う理由も気に入る理由も人それぞれだろ。きれいな石をつけたらいい気分になるだろうし、スカウトできなかった鬱憤《うっぷん》なんか忘れるよ」

「いい気分にも限度があります。水商売の世界はどの国でも非常にシビアなものですよ。

本気であんなことを言っていたとも思えません。言行不一致の精神状態はアンバランスなものです」

「穿《うが》ちすぎだって。あの人はそこまで深いこと考えてないと思うぞ。口説かれるのには慣れてるんだろ、あんまり気にするなよ」

「そういう話ではありません。身の丈を超えた美への陶酔《とうすい》は容易に破滅をもたらします」

美への陶酔。破滅をもたらす。『声に出して言いたい日本語番付』があったら、わりと上のほうにランクインしそうな言葉だ。何のこっちゃ。

「宝石は宝石だよ。きれいだからって不健康にのめりこむとは限らないだろ。お前は俺の知ってる中で世界最強の美貌だけど、俺が好きなのは谷本さんだし」

「は？」

しまった。うっかりにも程がある。谷本さんの名前を出してしまった。いや待てこれはチャンスだ。ダメ元でスポーツカーのことを頼んでみよう。

俺は照れくさくリチャードの顔を見て、実は好きな女の子がいて、大学の友達で、岩石が好きで、ものすごく可愛くて、諸事情あってジャガーの車を見たがっていると伝えた。白皙《はくせき》の美貌の持ち主は、金魚ようかんの残り一つを、フォークで突き刺したまま俺を見ていた。赤い金魚が両断されている。頼むから早く食べてやってくれ。

「で………もしよかったらなんだけどさ、俺、運転免許は持ってるし、母親の車はよく転がしてたし、無事故無違反だし」

「運転中にあちこち注意を散らしそうなあなたが？　興味深い話です」

「勝手に決めつけるなよな！　安全第一だよ。子どもやお年寄りがいたら用心するし、後続車に道だって譲るし、万が一のことがあったら困るから法定速度よりゆっくり走ってるしさ。後ろからクラクションで煽《あお》られても慌てないよ」

ぶっとばせと言われたら困ってしまうけれど、俺は用心深い運転になら自信がある。風邪の母親を職場まで送り届けた時には、『これは安全運転じゃなくて安全すぎる運転』と褒められたくらいだ。何故《なぜ》かそれからあまりハンドルを握らせてもらえなかったけれど。

リチャードはにっこりと笑った。真正面から光をあてられた大粒の宝石みたいだ。これはもしかして色よい返事が。

「中古で五百万ほどだそうですよ」

「え？」

「ジャガー。素敵なドライブになるといいですね」

あの、そういうことじゃなくて、貸してってことなんだけど、わかってほしかったんだけど、と言おうとしたが無理だった。リチャードは両断されたようかんを二つ、フォークで串刺しにし、一口で食べた。無慈悲な手つきだ。まずい。オーラが怖い。今話しかけたら殺すと言われそうな目つきだ。仕事中にプライベートの話をされるのは大嫌いなのだろう。酒の臭いもNGだったし。

「異国の言葉でたくさん話して頭が疲れました。お茶」

「了解しました店長、ただいま」

「それから先ほどのおつり」

「……四十円だけど」

「おつり」

いくらフランクな職場とはいえ、上司は上司、バイトはバイト。ここはホストクラブではないし、上司にぶっとばされることもないけれど、やることもやらないで甘えるような真似は論外だろう。俺もしゃっきりしなければ。

次の金曜日も、俺は飲み会に駆り出された。先週と同じ六本木の店だ。ゼミの先輩がさかんに誘うので、教授も来るのかと思ったら全然そんなことはなく、言い出しっぺの先輩も都合がつかなかったとかで来ていない。何故か二年生ばかりが六人もいるという奇妙な席だった。もとから俺のゼミに女性は一人もいないから、華やかになりようもない。

店はおしゃれだったが、むさい男連中がリラックスできる雰囲気ではなかった。インテリアが先走って、居心地のよさが置いてけぼりになっている。値段もそこそこするし、料理は少なめだ。二時間も騒ぐと、だんだん空気がだれてきた。

「そういえば正義、土日のシフトやめただろ。最近全然会わねえから寂しいよ」

「ああ、別のバイト始めてさ」

「何やってんの?」

宝石屋でお茶くみ、と正直に言ったら、質問大会が始まってしまいそうな、やる気も話題もない雰囲気だった。何て言おう。ティッシュくばりとか? 駄目だ、それなら夜勤のほうが割がいい。

「あー、あー……接客業」

「クイズ番組かよ。ホスト?」

「マジかよ! 時給いくら? どこの店?」

「ホステスさんはいねーの? 美人は? 美人の客は?」

「飲みすぎで体こわすなよ、お水バイトはガチできついっていうぞ」

結局質問大会だ。ごまかそうとした俺がバカだった。否定するのも面倒くさい。

俺は架空のクラブを想像した。店長が外国人で、俺はドリンク係。海外からの客が多くて、客単価はそこそこ。何だか実体とそんなに変わらない。

宝石屋であるということ以外ほとんど正確に話すと、酒の入ったゼミの男たちは、俺の話に聞き入った。ついつい楽しくなってきて、俺は上司の美貌の凄まじさを得々と語った。金髪碧眼《へきがん》で語学に堪能、とにかく見るたび感動的な美しさを備えている。あんな生き物がいるなんて信じがたい。と話し始めたあたりから、空気が変わった。

何だろうこの、淀んだ眼差《まなざ》しは。

「……その店はさあ、お前とその上司と、二人きりなわけ」

「やばくね？　客がいない時は何やってんの」

「何って、飲み物作ったり、掃除したり、買い出しに行ったり」

どういう経緯で求人を拾ったのかと聞かれたので、夜道で困っていた店長を助けたら気に入られたと話すと、途端にだれていた空気が反転した。あからさまに顔をしかめた酔っぱらいどもは、口ぐちに俺を罵《のの》り始めた。

「お前ほんとさあ……ないわー」

「はあ？　どういうことだよ」

「あからさまな据《す》え膳《ぜん》だろ。俺と替われ」

「さっさと幻滅されて捨てられて独り寂しく泣けよ」

「いやいやいやいやいや！」

店長は男なんだよと補足しても、何故か信じてもらえなかった。こっちは嘘《うそ》じゃないのに理不尽だ。お前も美人だって言ってるんだから憎からず思ってるんだろうという言葉は意味不明だった。どうしてきれいだと思っているものに恋をしなきゃならないんだ。

「たしかにきれいはきれいだけど、種類が違うんだよ！　正月の富士山《ふじさん》とか、日暮れの水平線とか、ああいうタイプの美しさなんだって！　それが何かの手違いで人間の格好をしてるだけなんだ。付き合ってほしいっていうのとは全然別の話だろ」

「富士山みたいな美人って何だよ。意味不明だよ」

「お前の上司は観音《かんのん》さまかよ」

「ねーよ」

散々な目に遭った。慣れない嘘八百をとばすからこのざまだ。もうどうにでもなれ。俺は早々に切り上げて帰ることにした。駅まで送るよと言ってくれた友達の下村《しもむら》を、店の前で追い返そうとすると、何だか気まずそうな顔であのさと切りだされた。

「中田《なかた》も知らないだろ。この店、ゼミの先輩が始めた店なんだよ」

「え？」

「脱サラして飲食店経営。でも赤字続きらしい。今の三年生と仲が良かった人らしくて、俺たちが餌《えさ》にされてる」

——ああ。それでわざわざ六本木なんかに。

確かにこのゼミは実業にもそこそこ強いというから、起業する先輩もいる。後輩は金を落とせということか。

知らなかった、ありがとうと伝えると、下村は苦笑いした。

「さっきの話、俺ちょっとわかるよ。めちゃくちゃどうでもいい話だけどさ、俺、山手線《やまのて》の車内から見る東京タワーが死ぬほど好きなんだ。浜松町《はままつちょう》駅のあたりがベストだな。文化放送《ぶんかほうそう》のビルのすぐ向こうに見えるアングル。電車は走ってるから一秒で消えるけど。夕暮れ時なんかもう最高だよ。あれを見ると疲れててもフル充電した気分になるんだ。お前の言ってた美しさって、多分そういうタイプのやつだろ?」

そう、そうそれだ、まさにそれだと、首がもげそうなほど頷いて同意すると、下村は顔をぐしゃっと歪《ゆが》めて笑った。嬉しさ半分、苦々しさ半分という感じだ。

「難しいよな、そういうの」

「……できればさっき、店で話してほしかったよ。それ全然『めちゃくちゃどうでもいい話』じゃないだろ」

「そうかな？　初デートの時、一番好きな時間の電車に彼女と乗って、ほらここって教えたけど、困惑されて終わったよ。『えっ、なに』って感じ。きれいなものって、誰にとっても間違いなくきれいなわけじゃないだろ」

「俺の上司に会ったら絶対びっくりするって。保証するよ」

「お前幸せそうだから、もうそれでいいよ」

「下村は帰らないのか？」

「終電まで付き合う。帰ってもすることないし。じゃあなー」

　何だか誤解されたまま終わったような気がするけれど、下村には一番わかってほしかったことが伝わったと思うから、もう俺もそれでいい。

　間違いなくきれいなものなんてない、という言葉の意味はわかる。きれいと感じているのは人間で、人間の感性は千差万別だから、誰しもが確実に『きれい』だと感じるものなんてない。それは俺も同意する。でもそこから一足飛びで『きれいに見えるのは好きだから』になるのは納得がいかない。

　きれいと好きはイコールじゃない。きれい『だから』好きも、好き『だから』きれいもあるだろうと思うけれど、絶対同じものではない。断固としてそれだけは今後とも主張したい。俺の谷本さんへの想いは唯一無二のかけがえのないものなのだ。他の何かや誰かへの気持ちと比べられるようなものじゃない。

いつか彼女に、好きです、付き合ってくださいと言えるだろうか。谷本さんは笑ってくれるだろうか。私も好きと言ってくれるだろうか。あの可愛い笑顔で俺を見つめてくれるだろうか。

いやそれ以前にスポーツカーの一件がある。どうしよう。できれば彼女を失望させることなく、ちょっと見直されるようなウィットをきかせて、持っていないと伝えたい。災《わざわ》い転じて福となす式の大逆転を決めたい。そんなの無理だろ諦めろという心の声を鮮やかに裏切って。

恋をしている人間が酔っぱらうと、天国と地獄が交互に見えるのかもしれない。俺の思考は両極端を行ったり来たりした。嫌われてメールはおろか口もきいてもらえなくなったらどうしよう。いや何かきっかけさえあれば二人で楽しい岩石デートができるかもしれない。どんなデートだろう。ハンマーをかついで岩をとりに行ったり？

無闇に妄想を膨張させながら、慣れない道を歩いていたら、案の定道に迷った。しまった。地下鉄の駅はどっちだろう。ネオンの看板が並んでいる。派手な巻き髪で露出の多いお姉さんがいる。ぼったくりの店に引き込まれたら最後だ。

とりあえず戻ろう。引き返そう。今すぐ。

慌ててきびすを返したはずみに、俺は道の角に積み上げてあったゴミ袋に足をとられてしまった。脚が動かない。派手によろけたが、何とか電柱に抱きついて凌《しの》いだ。

「あっぶな……！」

腕が動かなかったら顔面に電柱直撃だった。酔っぱらって救急車なんてことになったらひろみに殺される。

それよりゴミ袋の下に埋まった脚が動かない。異様に袋が重いのだ。

薄暗い中、目を凝《こ》らしてみると。

足元のゴミ捨て場の、透明な袋の上に。

ひとが。

「うわっ！」

倒れていた。大の字になってうつぶせになり、動かない。寝ているだけだろうか。万が一もある。おそるおそる喉《のど》に手を当ててると、脈はあった。でもとても体が熱い。

「大丈夫ですか。救急車呼びますか」

大きめの声で尋ねたが、反応は鈍かった。うーうーと唸《うな》るばかりの人は、灰色のワイシャツに、てかてかする素材の黒いベストを着ていた。体中から酒のにおいが漂ってくる。

「名前言えますか、歳《とし》は」

「……………たかつき、さとしぃ、二十七さあい」

たかつきさとし。え？　高槻さとし？

ゴミ袋の山からずるずると滑《すべ》り落ちてきた体は、途中で半回転して地面に尻もちをついた。据わりの悪いテディベアのような姿勢になった男は、真っ赤な顔で、意識は朦朧《もうろう》としていた。顎《あご》を上げてちょっとだけ顔を確かめてみると、ひどく発熱していた。暗いし、顔立ちなんかろくにわからないが、とにかくこれは絶対まずい。

俺は電柱で住所を確かめ、一一九番通報で救急車を呼んだあと、風俗店街まで走った。最近こんなのばっかりだ。人が倒れてます、とお姉さんたちに助けを求めると、さすがに慣れているのか反応が速く、ばらばらのお店から三人ほど来てくれた。でも誰も、彼がどこの店の誰なのか知らない。たかつきさんって名前みたいなんですけど、と俺が補足しても駄目だった。そのうち誰かが店に戻って、ピッチャーごと水を運んできてくれた。

何とか意識があるうちに、サイレンとパトランプが近づいてきた。うう｜、と高槻さんが呻き、頭がかくんと落ちた。首にきらりと輝くものが見える。宝石だ。

細い金色の鎖。石の周囲をぐるっと囲む金具。

アメシストのペンダントだ。

ヘルメットをつけた救急隊員二人は、誰かお知り合いの人はいますかと尋ねた。大事になってきたので、他の店からもわらわらとスーツやドレスの人たちが姿を現した。俺はおずおずと応じた。

「……高槻さとし、二十七歳って名乗ってました」

たかつきさん、たかつきさーん、と救急隊員が呼ぶ。辺りを見回したが、誰も反応していない。お知り合いの方はいませんかと声をかけても、顔を見合わせるばかりだ。このまま一人で救急車に乗せて万が一のことがあったら気分が悪すぎる。

「俺が一緒に行きます」

「ご関係は？」

「……うちの客です」

「いいんですか？」

俺は頷いた。嘘はついていない。ストレッチャーに乗せられた時、高槻さんの顔がはっきり見えた。やっぱり彼だ。手足をばたばたさせて、のぞみー、のぞみーと叫び始めた。

救急車に乗り込む前に、俺はメールを一通送信した。

そろそろ日付が変わりそうな時刻だけど、まだ起きているだろうか。うちの店長は。

スライド扉をぬーっと開けると、四人部屋だった。朝の光がまぶしく降り注いでいる。のっぺりしたクリーム色の床の上に、白いフレームのベッド。四台あるが埋まっているのは一つだけだった。病院のパジャマを着た、日焼けした男性。

「どうもー」

俺が陽気に挨拶すると、高槻さんは目を剝《む》いたあと、崩れ落ちた。痛恨という顔だった。

「何だよ君だったのか……えーと、名前、何だっけ」

「中田です。昨日の夜はびっくりしました。大丈夫でしたか？」

「ご覧の通り生きてるよ。意識が戻ったあとに聞いたよ、『うちの客』って、若い男の人が一緒に来てくれて、もう大丈夫って時まで待っててくれたって。どこの店に行ったのか死ぬほど考えたけど思い出せなくてさ……ええー……君、何であんなところにいたんだ？今日土曜日だろ、銀座の店じゃないのか」

「遅番にしてもらいました。びっくりしたのは俺のほうですよ」

「……若い子に気をつかわせるような大人には、なりたくなかったのになぁ」

俺が枕元の椅子に座ると、高槻さんは観念したように肩をすくめた。

「もうわかってると思うけど、俺はホストじゃないよ」

高槻さんはぽつりぽつりと身の上を語ってくれた。コップの水が置かれたベッドテーブルに、アメシストのペンダントが投げ出されている。リチャードの店で見た時よりも、輝きに元気がない。目に優しい病院の蛍光灯のせいだろうか。

高槻さんは六本木のクラブに勤務しているバーテンダーだそうだ。ホストの店ではなく、ホステスさん主体の店。

だがお酒に強いわけではなく、『どうにか人並み』程度だという。ワインが二杯も入ると、忘れ薬でも飲んだように頭がボーッとして、目が回ってしまう。それでも酒の味が確かにわかることが高槻さんの自慢のようだった。実家は長野の山奥で、ぶどう農家をしている。死ぬほど田舎なんだと、高槻さんは恥ずかしそうに声を潜《ひそ》めた。

とにかく東京という、がむしゃらな思いで上京したあと、クラブ勤めを始め、恋人に出会った。

「華咲《はなさき》ノゾミって源氏名でさ、本名は神崎望《かんざきのぞみ》なんだけど、これがまたえらい酒豪なんだ」

「彼女さんが酒豪なんですか」

「ツッコむべきはそこじゃなくて、ホステスと付き合っちゃったってところだよ」

望さんは『ふっくら可愛い系』のホステスで、サービス精神は人一倍旺盛《おうせい》。盛り上がった雰囲気の中ではノーと言えない。どんどん飲ませて潰してしまうタイプの接客は性格的にできないそうで、代わりに自分が飲んでしまう。そのせいで高槻さんより二つ年下なのに、肝臓《かんぞう》のガンマGTPとかいうものの値《あたい》が大変なことになっているらしい。

「ガンマ……？」

「GTP」

「よくそんなの覚えてましたね」

「望の話だから」

当たり前のように高槻さんは言った。もう恋人というより家族に近い相手なのだろう。

「飲み芸以外に売りがないわけじゃないのに、盛り上がるのが嬉しいみたいでさ。なまじ好きだからすすめられると断らないし。もう飲むなって言ってるんだけど」

「高槻さんが飲むなって言っても駄目なんですか」

「……水商売の人間が禁酒なんか無理だろ。本当にやめさせたいなら、仕事を辞めさせるしかない。でも現状は、俺とあいつの稼ぎを合わせて、ぎりぎりでやり繰りしてるくらいでさ。お水のバイトしたがる大学生、けっこう多いけどそんなにいいもんじゃないぞ。肝臓幾つあっても足りないからな」

「でもこの前お店に来てくれた時の高槻さんは、羽振《はぶ》りのいいホストって感じでしたよね」

「…………」

高槻さんは低く呻き、両手で頭を抱えた。

「大丈夫ですか?」

「……最近、望がさ、ホストに夢中で、貢いでるんだ」

えっと俺が呻くと、高槻さんは怪訝《けげん》な顔をした。何でもないことのようにぼやいた高槻さんの口調と話の内容がうまく嚙み合わない。恋人が? ホストに?

「それは、別れたってことではないんですよね……?」

「ああ……彼女が別の男と付き合ってたら、そりゃ俺だって怒るけど、ホストはアイドルみたいなもんだからさ。仕事中のあいつらは、生身の男だけど生身の男じゃないんだよ。言ってることわかるかな。特定のホステスの一番の客だからって、その女の子と付き合ってることにはならないだろ」

それは、確かにそうかもしれないけれど、そんな風に割り切れるものなのか。

俺が探るような視線を向けると、高槻さんは荒《すさ》んだ顔で笑った。そうでもないらしい。

「望だって夜の世界で生きてるんだ、それくらい百も承知だよ。それでもいいから貢ぎたいってあいつは言うんだ。自分の金で男が店で生き生きしてるのを見ると、達成感があって楽しいんだって。寂しいんだろうな……でも俺だって寂しいよ。何だよホストって。お前の彼氏はバーテンじゃないかよ。せいぜい金魚と出目金くらいの違いだろ」

「それじゃリチャードと俺くらい違いそうですよ」

「自虐《じぎゃく》だって」

ホストはキラキラしてるもん、というのが望さんの答えだったそうだ。

普通の男がホストを見る時の眼差しには二種類あると、この人は俺に教えてくれた。『いけすかない』と『うらやましい』で、恋をしている人間は、『うらやましい』の顔をすると。

あんたはキラキラしていないと言われた高槻さんは、一念発起した。バーテンからの一発逆転、ホストクラブの経営者を目指したのだ。

「それでホストクラブって……ええ？　本気ですか？　いくらなんでも無謀じゃ」

「お前は売れてるホストが一晩でどれだけ稼ぐか知らないからそういうことを言うんだよ。凄まじいぞ。これだ！　ってやつが一人いれば、店の一つや二つは何とかなっちゃうんだよ。そういう世界なんだ。マジな話、イケメンは世界を救うのさ」

「…………それにしても、すごいこと考えますね」

高槻さんはちょっと照れた顔をした。もちろん俺にはお水の世界の話はわからないけれど、本当にそんなにホイホイどうにかなってしまうものなんだろうか。だったらあちこちにもっとホストクラブがある気がする。うちのゼミで一番のんびりしているのは俺か、下村だと思うけれど、あいつに意見を聞いても、これは渋い顔をするだろう。

いい男がいれば客はやってくる、まずは人材を発掘《はっくつ》しなければ――と高槻さんは東京中を歩き回って、キラキラしている男を探して回った。自分はバーテンですがホストになりませんかと声をかけても、色よい返事がもらえないであろうことは想像にかたくなかったので、売れっ子のホストのふりをして。

「でもなかなか適材ってのはいないもんだな。若い子は水商売の勧誘ってだけで構えるし、なまじ乗り気になってくるやつはすぐ『金を貸してくれ』なんて言うしさ」

「そりゃ……そうだと思いますよ……」

ホスト勧誘のために高槻さんが目をつけたのは、宝石店のまわりだったという。ジュエリーを買いに行く男イコールホストあるいはホストに興味あり、という思考は切実に間違っている気がするが、ともかく高槻さんの実行力は凄まじかった。ともかく店の周辺をうろうろし、店に入ろうとするか出てくるかした男性に声をかけていたという。店の人に気づかれて追い払われるまで続け、また別の店へ。もう聞いているのがだんだんつらくなってきた。

何軒目かの空振りのあと、銀座の外堀《そとぼり》通り沿いの店の近くでぶらぶらしていた時、高槻さんは雷にうたれたような衝撃を受けたという。リチャードを見つけたのだ。

「びっくりしたよ。名画座のモノクロ映画から飛び出してきたような男が、流暢《りゅうちょう》な日本語で雑貨屋の人と世間話してるんだから。そこの喫茶店のスポンジケーキはおいしいですねとか、あそこの銭湯にランドリーが欲しいとか。外人さんが消えたあと、雑貨屋の人にきいたら、新しくできた宝石屋の店主だっていうから、こりゃ運命だと思ったね。真面目な話、あの人こそホストになるべきだろ。何で真面目に宝石商なんかやってるんだ？　あれはもう顔だけで食っていけるだろ？」

「そんなこと言ったらあいつ怒りますよ」

「正直な話だって」

顔がいいという言葉は、一歩間違えると、それ以外に取り柄がないと聞こえる。たしかにリチャードの容貌は規格はずれだし、上野《うえの》のパンダ並みの吸引力を持っていることは疑いないだろう。でも何の努力もなしで流暢な日本語を操るイギリス人の宝石商はいないだろう。

「……わざわざヨーロッパから日本に来て、宝石商するくらいなんですから、よっぽどの理由があるんだと思いますよ」

「理由ってどんな」

「俺は知りませんけど、たとえば『すごく好きだから』とか」

高槻さんは黙り込んだ。何だろう、俺が投げ込む球が最初から見えていたのに、自分からひどいデッドボールを喰《く》らいにいったような、変な顔だった。

楽して暮らしたいなら、あいつはどこかの国の王族の愛人でもしてるんじゃないですかね、と俺が軽口をたたくと、高槻さんはホストっぽい大笑いで受けてくれた。飲み屋で見送ってくれた下村の笑顔と少し似ている。嬉しさ三割、苦さ七割。諦めの色が濃い。

「じゃあ、俺にその顔をくれって言いたいよ」

「……仮にスカウトが成功したとして、そのあとはどうやって店を開くつもりだったんですか？」

「そこはノリと勢いでどうとでもするさ。金は、サラ金か何かでいくらか借りてさ。実はバーテンですっておいおい告白しても、テナント借りておけば、何とか引き込めるんじゃないかなあって」

「相当ありえない計画ですって。逆に失敗してよかったんじゃありませんか」

「そうかなあ」

今度の笑いは苦さ八割だった。こうなるともうあまり笑顔に見えない。高槻さんはパジャマの袖《そで》で額の汗をぬぐい、ついでのように目元をぬぐった。

「……俺はさ、ほとほと今の自分に嫌気がさしてたんだな。望のことは大好きなんだ。でもあいつを守ってやることもできないし、ホストよりキラキラした男にもなれそうにない。

収入が増えるあてもない。ないないづくしだ。今までは考えないでやり過ごしてきてたけど、もう夜の仕事は体もつらくてさ。八方ふさがりで干上がりそうになってる自分を、あの店で突きつけられた気がしたよ。お前は何をしてるんだ、いつまで酔っぱらってるつもりだって」

「……それでアメシスト」

「何でもいいから一つは買うつもりだったしな。思ってたより安かったし」

リチャードの店を訪れてから、ほぼ一週間後の昨夜、高槻さんはアメシストのペンダントをつけて出勤した。その日はいつも望さんにたくさん飲ませたがる客が来ていて、お決まりの飲み芸が始まろうとしていた。

普段通りなら、カウンターの内側で見ているだけの高槻さんだったが、昨日は何故か我慢ができなくなったという。

輪の中に乱入して、高槻さんは望さんのお酒を飲みまくり、はやしたて、盛り上げ、また飲んだ。いつもまるで酒を飲まないバーテンの乱心に、お客さんは手を打って喜び、高槻さんはすすめられるまま酒を飲んで飲み続けた。足がふらふらになったところで、こっそり裏口から店を出たという。俺は知らないうちに怖い顔をしていたようで、高槻さんは苦笑いした。

「そんな深刻な顔するなよ。アメシストは酔わない伝説のある宝石だから大丈夫だなんて、本気で考えてたと思うか？　百パーセント俺のせいだよ。君や店長さんのせいじゃない」

「そういう問題じゃないでしょう。急性アルコール中毒って、毎年死ぬ人がたくさんいるんですよ。洒落《しゃれ》にならないんですからね。何でわざわざ店を出ちゃうかなあ。危ないでしょう、どう考えても」

「だから飲むと頭が働かなくなるって言っただろ。望に格好悪いところは見せたくなかったし」

「ゴミみたいに倒れてましたよ」

「……二ブロックくらいは歩いた記憶がある」

よく生きてたもんだ、と高槻さんはひとりごち、俺に手を合わせた。

「君は中田……正義くん、っていうんだよな。救急の人から名前を聞いたよ。ありがとう。命拾いした。迷惑かけて本当に悪かったな」

「俺に謝ったって仕方ないですよ。これからどうするつもりなんです？」

「さっき店に電話したよ。怒鳴られてクビだって言われた。ホステスとの恋愛はご法度《はっと》だから、もしかしたら望も駄目かもしれない。心配だよ、あいつ涙もろいからなあ。何かにつけボロボロ泣くんだよ」

「望さんには連絡とりました？」

「朝方に、今この病院にいるってメールしたけど、まだ寝てるんじゃないかな」

高槻さんは悪びれず笑った。俺が白々とした視線を向けても、まだ笑っていた。開き直ったような笑顔だ。諦めの色は、どこかへ消えてしまった。

「……何でだろうな。大バカしたのに、不思議と後悔してない」

俺がむっとした顔をすると、高槻さんは悪かった悪かったとまた手を合わせた。

「これからは、そうだな、一度田舎に戻ってみようかと思ってる。親父とお袋がまだ二人で農家やっててさ、俺は長男だけど飛び出してきちまったから。手伝ったらドラ息子でも家には泊めてくれるだろ。それに親父のつくるぶどうは、宝石みたいにキラキラしていてきれいだし、うまいし」

「望さんは？」

「お前なあ、農家だぞ。ホステスとは全然違う種類のきつさ全開だよ。あいつには向いてない。『ついてきてほしい』なんて、昭和の台詞《せりふ》は言えないよ」

「別れるってことですか」

高槻さんは黙り込み、考え込み、無言で首を横に振った。

「……あいつのことは諦められない。待っていてほしいな。いつか東京に迎えに行くって言うつもりだ。だから、できることなら」

「気の長い話だなあ。長野で心変わりしないって保証はあるんですか。本当はついてきてほしくないんですか?」

「ついてきてほしいに決まってるだろ！　俺はあいつを愛してるんだよ！　だからなあ」

高槻さんは本気で怒っていた。まだちょっと心配だが、もう十分だろう。

「聞こえましたー?　大体そんな感じだそうですよー!」

俺が声をはりあげると、病室の扉が音もなく開き、ふっくら可愛い系の女性がとぼとぼ入ってきた。茶色い髪を振り乱し、ワンピースの上に季節外れのコートを着ている。ピンクのタオルを握りしめ、顔中真っ赤にして泣いていた。高槻さんが呻いた。

「望!」

「あんた、どこまでバカなの……!　何でそんなにバカなのよお!　いつまでも酔っぱったようなこと言って!　本っ当にバカな駄目男なんだから……!」

「ここで何してるんだよ?」

「うるさいわねバカァ!　心配して来たに決まってるでしょ!」

慌てふためきうろたえる高槻さんを置いて、俺は椅子から立ち上がった。いれかわりに座った望さんは、タオルで顔を拭きながら、高槻さんの顔をぺちぺち平手で叩いた。

「あんた死にかけたのよ、なに呑気《のんき》なこと言ってんのよお……メールじゃなくて電話しなさいよお！　バカ。この大バカのクソ男ぉ……いっぺん本当に死になさいよバカァ！」

「望、ごめん、本当にごめんって」

「あんた一人じゃ駄目なんだから」

仕方がないから一緒にいてあげるわようと、望さんは高槻さんの手を握り、ベッドに突っ伏して泣いた。

俺はにやにやしながら病室を出て、そのまままっすぐ廊下を歩いた。エレベーターホールの看護師さんに会釈して、面会の札を返す。

「お尋ねしたいのですが、あなたの美的感覚では、私の適職は『王族の愛人』なのですか？　それは日本の一般的大学生が思い描く理想の職業ですか？　とんだ勉強不足でした」

ホールの壁に、スーツの男が軽く背中を預けて腕組みしていた。眉間に皺が一本寄っている。俺は苦笑いで応じた。

「単なるもののたとえだって」

「限度があります」

リチャードは腕時計を確認した。午前十時三十分。ジャガーに乗れば、開店の十一時にはゆうゆう間に合うだろう。

「先に店に戻ってもよかったのに」

「車がなければあなたは遅刻になりますよ」

病院で手持ち無沙汰《ぶさた》に待っている間に、リチャードとは連絡がついた。もう眠っていたようで、最初こそ猛烈に不機嫌だったものの、俺が事情を説明すると、低く低く溜め息を吐き、病院の面会が始まる時間を俺に尋ねた。大体同じことを考えていたらしい。一度家に戻って仮眠してから、俺たちは銀座に集合し、緑のジャガーで病院に赴《おもむ》いた。

地下駐車場から病院に上がってきた時、俺たちはタクシーでやってきた女性と出くわした。目を真っ赤にしていて、派手な髪形と、近くにあったものを適当に掴んで着たような服が不釣り合いだった。

俺たちは同じエレベーターに乗り合わせた。降りる階も、向かう先も同じだった。先に面会票にとびついた彼女の『神崎望』という丸文字が目に入った時、俺は昨夜の高槻さんの絶叫を思い出した。のぞみ。

すみませんもしかして、と俺が声をかけると、予想通り、神崎望さんは高槻さんの知り合いだった。緊張の糸が切れ、泣き出してしまった彼女から、俺たちは昨夜の高槻さんの大暴れの内幕を聞いた。宴席に乱入して飲みまくり、いつの間にか消えて、店じまいのころになっても戻らない。店長はかんかんで、クビを連発。

心配になった望さんは店じまいのあとほうぼうにきいて回り、救急搬送《はんそう》されたバーテンのことと、搬送先の病院を突き止めた。バカすぎて血の気が引いたと、望さんは毒づきながら泣いていた。

どうして彼があんなことをしたのかさっぱりわからない、あたしになにか不満があったなら言ってくれればよかったのに、もうどうしたらいいのかわからないと泣き崩れる望さんの前に膝《ひざ》をついたのは、うちの店主だった。リチャードの顔を見た望さんは、どこのお店の人でしたっけと赤くなって困惑した。

ナースステーションの前のベンチで、俺たちは打ち合わせをした。作戦会議だ。

提案者はリチャード。

ゴーサインを出したのは望さん。

実行役は俺。

内容はシンプルで、命の恩人であることを笠に着て、洗いざらい喋らせるというだけだ。

正直最初はあまり気乗りがしなかった。聞かなければよかったと思うような事情が飛び出してくる可能性だってある。それで傷つくのは望さんだろう。

でもリチャードは最初から最後まで、静かな瞳で俺を見ていた。

それほど付き合いが長いわけでもないのに、こんなことを感じるのも変な話だが、この男は人を無闇に不幸に突き落とすようなことはしたがらないし、できないんじゃないかと思う。発案した時点で、ある程度のことをリチャードはもう読んでいた気がする。

ガツンとやっちゃってよと望さんにけしかけられ、俺は腹をくった。結果これなら、そんなに悪くない。

大きなベッドがそのまま入るサイズのエレベーターの中で、なあと俺はリチャードを呼んだ。

「高槻さんが店に来たあとに、何だか悩んでただろ。ひょっとしてこうなることを予想してたのか」

「まさか。私としてはあなたの学習能力のなさに驚くばかりです。全く懲《こ》りもせず金曜になれば飲み会、金曜になれば飲み会」

「今日はちゃんと風呂に入って着替えてきたよ」

俺が腰に手を当ててふんぞりかえると、リチャードはそっぽを向いた。鏡に顔が映っている。口が笑っていた。

「本物のホストじゃないってわかってたのか？」

「ひとかどの商売をしている人間は、無闇に自分の職を誇ったりはしないものです。彼は蠟燭《ろうそく》の火に魅入《みい》られて、一緒にあっちへ行こうと騒ぐ羽虫のようでした」

「宝石のことを喋りながらそんなこと考えてたのかよ。お前、怖いな……」

「人聞きの悪いことを」

　あのあとリチャードは一人で考えこんでいた。高槻さんが欲しがっていたのは宝石ではないような気がしたと言って。

「結局高槻さんが欲しがってたものって何だったんだろう？　やっぱりホストかな」

「私はそうは思いません。彼が心底欲していたのはジュエリーではなく、宝石をつけてパワーアップした自分自身であるように感じました」

「パワーアップって、ゲームのマジックアイテムみたいな？」

「魔法ではありませんが、ふだん宝石を身に着けない人間が宝石をつけると、行動が変わるのはよくある話です。宝石をつけた自分と他者の視線を、いつも以上に意識して行動するようになるからでしょう。きれいな石にはきれいなだけの『力』があるということです」

「影響力ってことか。女の人なら、おしとやかになったり？」

「あるいは態度が大きくなったり、金遣いが荒くなったり」

「めちゃくちゃ駄目な影響じゃないかよ」

「無論よい影響もありますよ。アスリートのお守りや、英知をもたらすというクラウン・ジュエリーはその最たるものでしょう。いずれにせよ人は自分の望む方向に己を伸ばしてゆく生き物です。宝石は格好の触媒《しょくばい》にこそなれ、エンジンにはなりえません。原動力はこころ一つです」

「……怖い話だな」

「全くです」

高槻さんは呑気に笑っていたけれど、一歩間違えれば死んでいてもおかしくなかった。

昨日の夜の緊迫感を思い返し、ぞっとする俺の隣で、リチャードは淡々と言葉を続けた。

「誰がどこで何をしようが、その方の責任であることに疑いはありませんが、美しい石が人を不幸にするようなケースは、一人の宝石愛好家として、なるべく防ぎたいものです。あなたの豪運に感謝しましょう」

俺は肩を落とした。こんなおまけばかりつくアルバイトなんてそうそうないだろう。

一階に到着したエレベーターの前では、パジャマ姿のお年寄りや、その付き添いのような若い人が待っていた。扉が開いた瞬間、一様にリチャードの顔に驚くのがちょっと面白い。俺たちはそのまま病院を出た。そろそろ望さんは泣きやんだだろうか。

「……そういえば、『アメシスト』の元の意味って『酔わない』じゃなくて『酔わせない』なんだって言ってたよな。正直どう違うのかよくわからないけど」

「ギリシャ語の文法に興味がおありですか。能動相、受動相」

「ない！　そこまではないけどさ！」

病院の地下駐車場に向かう間、宝石商は早口にレクチャーしてくれた。宝石に魔術的な効能があると、誰しもが信じていた時代、この宝石は持ち主を悪酔いから守ってくれる護符だったのだという。だから持ち主を『酔わせない』。

何千年遡《さかのぼ》ろうが、この世に酒がある限り、人間はきっと飲みすぎに苦しんでいたのだろう。ほどよく飲むのは楽しい。理性のガードが甘くなる。でも飲みすぎると地獄。だから誰かに守ってほしい。

虫のいい話だけれど、願いは切実だ。

銀座の店でアメシストに出会った時、高槻さんはきっと望さんのことを考えていたんだろう。さっきの話からして、酔っぱらわないでほしいと、守りたいと思って、そうして突っ走った。途中経過は最悪だと思うけれど、結果だけは悪くない。

「誰だっけ、お前がぶどう酒の守護神って言ってた……バッカスさん？　あんまりやる気のない守護神だな」

「バッカスは別名デュオニソス、酔って宴席に乱入する逸話にこと欠かない激情家の神です。ある意味非常にご利益があったとも言えます」

「……お前それ、お客さんには絶対言わないほうがいいぞ」

どうしてそんな当たり前のことを言うのかと、リチャードは目を丸くした。駐車場でキーのボタンを押すと、キュッキュッと鳴き声のような音がして、リチャードの車が目を覚ます。これはチャンスかもしれない。

「……ああ、今日は朝から気分がいいなあ。ひとの恋愛がうまくいくのを見るとさ、心が洗われるような気がしないか？　お前もやるじゃん、キューピッド作戦成功だ。いやー、あの二人これからどうするんだろうなあ」

「病室の外でも思いましたが、あなたに役者の才能はありませんね」

「俺と谷本さんも、知的で義理堅い誰かの仲人《なこうど》があれば、きっとうまく……」

「恋愛は魂の風邪のようなものとも言われます。酔わない宝石の力で、一気に熱がさめないことを祈りましょう。まあ、ものごとは何事も現実の姿が見えてきてからが本番とも言いますし、そもそも虚栄心を満足させることしか考えていない時点で、あなたの恋愛はそれ以前の問題だと思いますが」

「ちょっとでいいんだ、本当にちょっとでいいから」

「電車で店まで戻りますか？」

リチャードは車のルーフに肘《ひじ》を置いたまま、助手席に乗ろうとする俺に問いかけた。先週もこの、取りつく島のない顔を見た気がする。やっぱり駄目なものは駄目か。

「……わかったよ」

「よろしい」

この車は車高が低くて窓が大きい。この席から眺めると、東京は鉄の木で埋め尽くされた森林のように見えてくる。下から見上げる首都高は竜の腹。車の群れは、森の地面でせっせと働く、ずんぐりむっくりの昆虫だ。リチャードにはどんな風に見えているんだろう。谷本さんなら何て言うだろう。

国家公務員試験に一発合格しても、きっと俺はジャガーを買えないと思うけれど、一度でいい、できることなら彼女と一緒に、この何ともいえないゆるいジェットコースターみたいな体験を共有したい。よく知っているはずの世界が異世界に変わるような感覚を一緒に味わってみたい。『えっ、なに』と言われるだけかもしれないけれど。

もしかしたら、ふわっと嬉しそうに、俺に笑ってくれるかもしれない。

あたりのロケーションを確認してから、俺はもう一度攻勢をかけた。

「なあリチャード、あのさ」

「くどい。これ以上その話を続けるようならこの場で放り出します」

「このホテルの一階で売ってるスイーツが、すっげーおいしいの知ってるか！　マンゴーのムース、パッションフルーツのクリームパン！」

音もなく、ジャガーは止まった。

隣にコンサートホールを擁《よう》する大きなホテル。ハイクラスもいいところだ。泊まったことも入ったこともないのに、何故そんなことを知っているのかといえば、まあその、去年のクリスマスごろ、いつ彼女ができても大丈夫なようにリサーチだけは欠かさなかった頃にとった杵柄《きねづか》というか、悲しい思い出の名残というか。

俺はリチャードの顔を観察した。伊達《だて》にこいつのおつかいを繰り返していない。お客さまと話が弾むように、というのが建前だが、俺は知っている。余った菓子を食べる時のリチャードが、ソファの上でちょっと前のめりになり、感動的に目を閉じているのを。

青ざめた美貌の宝石商は、悪魔と取り引きするような顔で俺の顔を覗き込むと、懐に手を突っ込んだ。黒革の財布の札入れをガッと取りだし、さっと引きだしたのは千円札が三枚。

「……店の場所は」

「わかる」

「時間は」

「十分もあれば」

「五分で」

「合点承知」

「三つまでです」

「『喜んでー！』だぜ店長！」

「領収書を忘れないでください」

　俺は前後を確認してから、スポーツカーを飛び出した。ありがとう、ありがとう去年の俺。彼女のいないお前の孤独なネットサーフィンは時間差で報われると、タイムマシンが発明されたら誰かこっそり教えてやってほしい。無駄に泣かなくて済むと思うから。

　その日のお客はモルディブからやってきた男性で、リチャードとよくわからない言葉で楽しそうにおしゃべりしながら、俺の買ってきた南国風味のムースを食べていた。


　翌週の勤務日、俺はリチャードにメールを見せてもらった。宝石のリフォームに関する問い合わせで、末尾の名前は連名だった。写真が一枚添付されている。青い山とぶどう畑を背景に、茶髪のカップルが笑顔で写っていた。

　アメシストのペンダントは、近日中に指輪にリフォームされるようだ。

case. 4

追憶のダイヤモンド

「正義《せいぎ》くん、調べもの?」

耳元でほわわん、とした声がして、俺はびくっと振り返った。

真昼の大学の中央図書館。二階に続く大階段を背に、谷本《たにもと》さんが立っていた。白いワンピースに淡い黄色のパーカーを着ている。いたずらっこみたいにはにかむ顔は天使よりも可愛《かわい》い。二、三秒、息もできなくなったあと、俺はやっと喋れるようになった。

「……レポート片づけてるところ。経営学の、会社のガバナンスってやつ」

俺は図書館一階の自習スペースに陣取り、ノートとレジュメを広げていた。六人掛けの長方形の対角線には眼鏡の男がいる。多分文学部の人だろう。横文字の古そうな文献と格闘している。

「じゃ、そっちのは?」

谷本さんが指さしたのは、レジュメの向こうに置いた鉱物辞典だった。背に禁帯出《きんたいしゅつ》のシールが貼られている。

「石の勉強? GGとか、FGAとか受けるの?」

「じーじー?」

向かいの男がえほんごほん、と咳払《せきばら》いをした。おっとっと。

俺は谷本さんと自習スペースを出て、図書館据え付けの喫茶店に入った。外部の先生しか使わないと噂《うわさ》の閑古鳥《かんこどり》の店だけれど、こういう時にはオアシスに思える。他にお客はいなかった。俺はコーヒー、谷本さんはクリームソーダ。可愛い。間接照明なのか電球が切れかけなのかよくわからない明かりの下で、メロンシロップのジュースが、とろけた緑のガーネットのように輝く。

「ええとね、さっきのは宝石の鑑定士さんの資格。ＧＧはグラジュエイト・ジェモロジストっていって、大きなアメリカの宝石鑑定会社が出してる、『ちゃんと石の勉強をした人ですよ』って資格。ＦＧＡはイギリス。どっちも学校があるけど、通信教育でもとれたんじゃないかなあ。他にも石ごとに専門の機関とか資格とか、ほんとにいろいろあるけど」

「へえ！　うちの店長も何か持ってるのかな？」

「持ってると思うなあ」

正義くんは本当に宝石が好きなんだね——と、谷本さんは無邪気に笑ってくれた。今の俺にはちょっとだけ胸が痛い。

答えに窮《きゅう》すると、谷本さんは小さく首をかしげた。彼女以上に、俺の気になっている話をわかってくれそうな人は思いつかない。

「最近石のことについて、ちょっと悩んでてさ」

「悩んでるの？」

「……『宝石』って分類される石は、もともと、ないんだよね？」

「化学の話をするなら、ないね」

谷本さんの瞳に、少しずつ力がこもり始めた。声がだんだん低くなる。スイッチが入ったんだろう。クリームソーダの氷が、からんと音を立てて崩れた。

全ての石は、『鉱物』と『岩石』に分けられるという。鉱物は化学式であらわせるもので、岩石は鉱物やら砂やらの集合体、ミックスバージョンだ。リチャードの店でよく見かける透明でキラキラした石は、おおよそ『鉱物』に分類される。でもラピスラズリは『岩石』。

要は磨くときれいになるものを、人間が宝石と呼んでいるだけだ。だとしたら。

「何で宝石は……宝石だけが、高いんだろう？」

谷本さんは完全にゴルゴモードに入っていた。けだるげでダンディな雰囲気に、俺はごくりとつばを飲んだ。好きな女の子に悩みを打ち明けるというシチュエーションはどきどきするものだが、このどきどきは、恋とはちょっと違う気がする。

続けて、と谷本さんは手で促した。俺は頷いた。

「前にルビーのヒートの話をした時、理想の石を勝手に決めるのは、何か腑《ふ》に落ちないって話してくれただろ。俺もそう思うし、別にルビーだけの話じゃないと思うんだ。だって石は、石だろう？　手間賃の分高いっていうのはわかるけど、逆に自然の石をわざわざ高くしてるような……でも欲しがる人がいるから宝石になるわけで……宝石の価値って何なんだ？　もう考えるほどドツボにはまってる気がする」

「高く売るため加工しているように見えるってこと？」

「……かもしれない。こんなこと宝石屋のバイトが言っちゃ駄目だよな」

なるほどねと谷本さんは低く呟き、クリームソーダで喉《のど》を潤《うるお》した。

「正義くんは、ミネラルショーに行ったことはある？」

「ミネラルショー？　いや、ない。聞いたことないな。ファッションショーみたいな？」

「だいぶ違う。ミネラルとは無機物のことだけれど、この場合は鉱物や岩石の総称だよ。年に何度も日本中、世界中で開催されている石の即売会だね。イベントスペースに机が幾つも並んで、それぞれが石のお店屋さんのブースになってるんだ。鉱物標本を商《あきな》う店もあれば、宝飾品を売る店もあるよ。小指の先より小さな隕石《いんせき》の欠片《かけら》もあれば旅館の玄関に飾るような巨大な石も売っている。石なら何でもいいんだ。世界最大のショーは、アメリカのツーソン・ミネラルショーだけど、日本の新宿《しんじゅく》や名古屋《なごや》ショーも歴史があるし、小さなショーは地元の石屋さんと話ができたりして楽しいよ。日本中あちこちでやっているから、一度は行ってみるといいんじゃないかな」

「そ、そうする……！」

谷本さんはふっと口の片端を歪《ゆが》めて笑った。クールだ。ここで『一緒に行こうよ』と俺が言えたらどんなにかいいだろう。この雰囲気だと何となく、裏稼業の人間が、危険な仕事に赴くような雰囲気が漂うけれど。

首を振った谷本さんは、でもねと言葉を継いだ。目つきは険《けわ》しい。

「たとえば正義くんは、ミネラルショーで売っている岩石の標本、一番高くて幾らくらいだと思う？」

「え……？　岩石標本って、たとえば、谷本さんの方解石《ほうかいせき》みたいな？」

「それもそうだし、もっと他にもいろいろな石があるよ」

俺のスマホには彼女の岩石コレクションの写真が何枚も入っている。ネットで石の名前を検索すると、きれいな画像が何枚も出てくるので、本当に石を愛《め》でている人はたくさんいるのだろう。需要がないわけじゃない。でも、石の相場って——いくらだ？　リチャードの玉手箱の中にあった一番高い宝石は？　ルビーの一千万？　あれは持ち込み品の例外だ。せいぜい五百万くらいだろうか。岩石なら、もう少し安いのかな。

「……四百万円くらい？」

「この前の新宿ショーに出品されていた母岩《ぼがん》付き自然金《しぜんきん》の標本は、二千四百万円」

「にっ、にせん！」

香港《ホンコン》やツーソンならもっと高いものもザラだよ、と谷本さんは付け足した。どういう。それは一体どういう需要なんだ。二千四百万円で岩を買ってどうする、飾るのか。それとも資産として持っているとか？　ならはじめから『今週の金相場』を確認して貴金属店で金を買ったほうがいい気がする。

俺が呆けていると、谷本さんは大きな黒い瞳でキッと俺を見た。体が引き締まる。谷本さんはにやりと笑った。

「さっきまで経済のレポートを書いていたんでしょう？　正義くんは価格が、ものの価値を決めていると思う？」

「え？　ああ……」

こういう時の谷本さんを見ていると、俺はどうしても元気な時のばあちゃんを思い出してしまう。いつもピンと背筋を伸ばしていて、格好よくて、小さかった俺に知らない世界のことを少しずつ教えてくれた。

「……違うと思う。逆だよな。まず最初に需要があるから値段が決まるんだ。当たり前のことを忘れてたよ。欲しがる人がいて値段が決まるのは、岩石標本も宝石も同じってことを言ってるんだよね」

「うん、その通り」

谷本さんは目元に力をこめたまま笑った。

「正義くんの働いているお店は、確か主にカラーストーンを扱っているんだっけ」

「カラーストーン？　確かに、いろんな色の宝石があるよ」

「なら暇な時に、ダイヤモンドのことを調べるのはどうかな」

ダイヤモンド？

俺が眉根を寄せると、谷本さんはふっと笑った。

「お店で売っているのを見たことは？」

「……ない。そういえば、ダイヤはないよ」

「ダイヤモンド以外の石のことを、狭義には『カラーストーン』と呼ぶんだよ。ダイヤだけ扱う店、カラーストーンだけの店、それぞれの専門店もあったりする。面白いでしょう？」

ダイヤモンド。宝石の代名詞みたいな石だ。メレダイヤと呼ばれる小さな飾りダイヤは、店で何度か見た気がする。リチャードは小数点第二位までカラット数を記入したラベルを貼って、一粒か二粒ずつ保管していたと思うけれど、大粒を単品で扱っているところは見たことがない。住み分けがあるということだろうか？　宝石の世界はやっぱりまだよくわからない。

「宝石の『価値』に興味があるのなら、ダイヤモンドほど興味深い石はないはずだよ。君の店長さんも、よかれあしかれ一家言あると思う。どんな歴史があるにせよ今の日本でこれほど多くの人に親しまれている石は稀《まれ》だしね」

よくわからないが、これはきっと自力で調べろということなのだろう。でもダイヤだったら何とかなる気がする。炭素でできていて、とても硬くて、キラキラ光る。俺でもそのくらいは知っている。リチャードの店で扱っていなくても、デパートをうろうろすればきっと売っているだろう。

「谷本さんは……ダイヤも好きなの？」

「等軸晶系《とうじくしょう》の石の中ではそこそこ。でもパイライトのほうが好みかな」

「パイライトっていうのは、いくらくらいの……」

「最近は千円もだせば可愛いのが買えるよ。母岩付きがおすすめ。きっと見たらびっくりすると思う」

谷本さんはじっと俺のことを見つめて、にこりと笑った。

「正義くんもきっとわかるよ」

「…………わかるって？」

「一番大切なこと」

愛がなくちゃね、と。

谷本さんはさりげなく言った。

愛。

テーブルに身を乗り出して、谷本さんは七割くらいとけてしまったバニラアイスを、スプーンで器用に救出してぱくぱく食べた。いつもの可憐な妖精さんのような顔に戻っている。どうしたらいいんだろう。どんどん彼女のことが好きになる。おいしいと微笑《ほほえ》む宝物のような姿を、このまま永遠にとっておけたらいいのに。

次のコマも授業だからまたねと言って、谷本さんは席を立った。四百円テーブルにスッと置いてゆく。いいよ払うよと俺が顔を上げると、天使はにっこりと笑った。

「ふふ。そのうちスポーツカー見せてね。楽しみにしてる」

「あ、ああ、うん！」

ばいばーい、と歌うように言って、谷本さんは喫茶店から消えていった。

俺は低く溜め息をついて項垂《うなだ》れた。何度目だろう、このやりとりは。本気で言っているのか、天然な谷本さん式の冗談なのか、俺はいまだにわからない。わからないけれど確かめられない。確かめられないから苦しい。

持ってないんだとさえ言えたら。

甘い時間を堪能した分、再び苦々しい溜め息をついて、俺は喫茶店を出てレポートに戻った。夜になると谷本さんからメールが来た。件名は『パイライト』。添付の画像には、白っぽい岩から、銀色の直方体がにゅっと生えた標本が写っていた。何だこれ。自然にこんなものができるのか。宇宙人の置き土産みたいだ。

ダイヤよりこれが好きという彼女が、俺は世界中のどの女の子よりも好きだ。


土曜日の銀座は快晴だった。

リチャードの店には予約なしの来客があった。

皺《しわ》のない光沢のある白いパンツ、太い胴回りにきっちりしまわれた淡いブルーのシャツ、麦わら帽子の下の、清潔に整えられたごましお頭。六十歳くらいに見えた。紳士というのは多分こういう人のことを言うのだろう。

いらっしゃいませと俺とリチャードが応じると、厨房《ちゅうぼう》にいた俺に、紳士はふくふく笑った。

「宝石店という看板になっていましたが、まだ珈琲《コーヒー》店もやっているのですか？」

店主の顔を窺《うかが》うと、リチャードはいつも通り美しさの塊のような顔で微笑んだ。

「浜田《はまだ》さまのお店のことでございますね。昨年の十二月で店を畳まれました。今年の四月からは、私がこちらで宝石を商っております」

「ああ……そうでしたか。浜田さんのお知り合いですか？」

「香港で商いをしていた頃に、浜田さまご夫妻とご縁がございまして、今年の春にこちらに移転してまいりました」

そうですかと紳士は頷いた。珈琲店も昔の店の話も、バイトの俺には完璧に初耳だけれど、宣伝しなくても多国籍なお客さんが来る理由がこれでわかった。香港時代のお得意さまなのだろう。ここはリチャード一発目の商売の地ではなかったらしい。じゃあ何年前からこいつは宝石屋をしているんだろう。そもそも何歳なんだ。初めて会った時に聞きそびれて以来、そういえばそのままだ。思えば謎の男の下でバイトをしているものだ。

店に入ってきた紳士は、赤いソファに手を置いて、カーペットや、ガラスのローテーブルを眺めた。

「店が明るくなりましたね。カーペットはそのままだ……ソファとテーブルは、初めて見るなあ。以前は木のテーブルが五つあって、小さな椅子が二つか三つずつ……」

「こちらのソファは、開店祝い代わりに浜田さまからいただいたもので、テーブルは香港の店のものをそのまま使っています。申し遅れました、リチャード・ラナシンハ・ドヴルピアンと申します。店長でございます」

「小野寺昌弘《おのでらまさひろ》です。申し訳ない、思い出に浸ってしまいました。ヴルピアン……フランスの方かな？」

「イギリスです」

宝石のリフォームの相談に来たという小野寺さんに、リチャードはソファをすすめ、俺にお茶を促した。

「ロイヤルミルクティーでいいですか？　緑茶と麦茶もありますけど」

「珈琲店だった時よりも豪華だ。何でも構いませんよ」

小野寺さんは楽しそうに笑った。年齢や年格好からして、もっと偉ぶっていてもおかしくない人なのに、この人には横柄さの垢《あか》のようなものがない。体格がよく若々しく見える。

俺がお茶を用意して戻ってきた時、小野寺さんは小さな黒い宝石箱を持っていた。中に金色のリングが入っている。中央に宝石が一粒。

白、いや、七色に輝く石。

ダイヤモンドだ。

「……こちらは」

「他界した家内のエンゲージリングです。随分昔に海外で買ったものです。鑑定書はあるのですが、買ったお店が潰れてなくなってしまいまして。大丈夫でしょうか？」

「はい」

問題ございませんとリチャードが頷くと、そうですかと小野寺さんは嬉《うれ》しそうに笑った。その手元の箱の中、指輪のダイヤモンドは異様な姿をしていた。

輪も石も、半分だけ塗り潰したように真っ黒だった。

七色の光を放つのは半面だけで、もう半面は黒い汚れに覆われている。これじゃ曇ったガラスみたいだ。

「私が身に着けられる形にしていただきたいのです。どうリフォームするかは、まだ考えていないのですが……指輪の金属も、再利用してもらうことはできますか？」

「もちろんです。では本日はリフォームの形について、幾つかご提案をさせてください。パンフレットをお持ちします」

「拝見しましょう」

リチャードは奥の間へ引っ込んでいった。リフォームの資料はデスクの引きだしだ。

最近予約なしの女性客が増えた。彼女たちのお目当ては、どこかで噂になっているらしいリチャードの顔を見ることで、ついでのように指輪やイヤリングをクリーニングしてほしいという人が大半だ。最低限必要な資料は応接室に置いてある。そろそろ俺でも案内できるかもしれない。

思えばもう三カ月近くここでアルバイトをしている。回数自体は少ないけれど、いろいろ不思議なことに慣れてしまった。呆《あき》れるほど美しい店主にも、日本人とは限らないお客さまにも、べらぼうな額の石にも。

これはいいこと、なんだろうか。経験だけが俺を置いてけぼりにしてゆく気がする。

ロイヤルミルクティーを一口飲むと、小野寺さんは笑った。

「とてもおいしいです。丁稚《でっち》さんですか？」

「いえ、普通のアルバイトです」

「そうですか」

とてもおいしいです、ありがとうと小野寺さんは笑った。俺は頭を下げた。

「ここは昔、浜田さんという地主さんが珈琲店をしていてね。ビジネス街だからみんなそんなに長居する店ではなかったけれど、ご店主がいい人でね、お気に入りだったな。家内と銀座に来た時には、大体ここか資生堂《しせいどう》パーラーだった。君は宝石が好きでここに？」

「そんな感じです……でも、詳しいことは全然……勉強中で」

「そうですか」

それはいいことですねと小野寺さんは頷いた。ダイヤモンドの汚れの理由は、説明してくれそうにない。

小野寺さんは手持ち無沙汰《ぶさた》に、俺に自分の仕事の話を語ってくれた。機械の製造業の社長さんをしているらしい。大きな機械ではなく、精密機器の部品。会社と自宅が一緒で、一階の仕事場で会議をした三十分後、二階の寝室で眠れるという。気取らない人だ。

戻ってきたリチャードは、パンフレットを三冊見せて、ブローチやカフス、タイピンへのリフォームを紹介した。指輪の金属も鋳溶《いと》かして再利用できるという。小野寺さんはタイピンに興味を持ったようだったが、パンフレットに載っていたデザインは、どれも今一つ気に入らない様子だった。

俺が二人分ロイヤルミルクティーのおかわりを注いだあと、リチャードは小野寺さんにオーダーメイドを提案した。京都に懇意《こんい》にしているデザイナーがいるという。その人にデザイン画を描いてもらって、世界に一つしかないタイピンを作る。腕はどうですかと尋ねる小野寺さんに、とても丁寧で繊細な仕事をしますとリチャードは請け合った。

気に入らなかったら別のところに頼むかもしれない、それでも構わないならと断ったあと、小野寺さんはデザインをオーダーした。料金は安くはないがあと払いで、デザイン案は二週間もあればできるという。話は決まった。

リチャードは目の細かいメジャーでダイヤの寸法をとり、上下左右からデジカメで指輪を撮影し、くすんだダイヤを丁重に小野寺さんにお返しした。ぱくんと箱の蓋《ふた》を閉じる前、小野寺さんはじっと宝石を見つめた。何だろう、語りかけるような目だった。

小野寺さんは店を出る前にもう一度、丁寧にお茶のお礼を言ってくれた。

それにしても、谷本さんにああ言われた日に、いきなりダイヤモンドが見られるとは。

リチャードの言う俺の『豪運』も捨てたもんじゃないらしい。

「さっきの石、すごかったたな。何であんなに黒くなってたんだろう？」

「火災でしょう。見たところあれは煤煙《ばいえん》、すすです」

「焼けたダイヤってことか。あれ？　ちょっと待て、ダイヤって」

「炭素です」

やっぱりそうだ。空のカップをお盆に載せながら、俺はリチャードを振り返った。炭は火に弱い。

「……炭って、あの炭だよな。火に当てたらすぐ焼けちゃうんじゃないのか」

「火の温度によります。チョークや木炭とダイヤモンドとは、炭素分子の結合の強さが異なります。ダイヤは六百度以上で焦げ始め、一千度を超えると軟化が始まるといいますが、それ以下の温度であれば、焦げついても残るものです」

「じゃ、汚れは……きれいに落とせるのか？」

「落とせます」

「すごいな！　どうやって」

「中性洗剤で」

目を見開いた俺が、厨房のほうを指さすと、リチャードはそうですすと頷いた。

「専用のリキッドもありますが、成分はほとんど変わりません。あれほどひどい状態ではない石でも、たまに磨くと見違えるように美しくなります」

「じゃあいつものクリーニングみたいに、ここで磨いてあげればよかったんじゃないのか。すぐきれいになるのに」

「彼はリフォームをオーダーなさいましたが、宝石の汚れのことについては一切触れませんでした。そもそもダイヤの汚れの落とし方など、リフォームの情報を調べるようであればすぐにわかります。知らないとは思えません」

「……つまり？」

「磨いてしまうのは簡単ですが、元には戻せません」

わけありで黒ずんだままのダイヤということか。

何でまた。そもそも宝石に価値があるのは、きれいだからじゃないのか。

戸惑ったが、俺は頭を切り替えることにした。考えても仕方がない。俺がこの店で一番学んだことは、ひとさまの事情はそれぞれで、パーツを少し垣間見たくらいでは総体は全然わからないということだ。宝石のような瞳の持ち主は、一つのパーツから全貌《ぜんぼう》を推理する名人のようだが、俺はしがないただのバイトである。

「そういえば、この店であんな大きなダイヤモンドを見るの、初めてだよ。うちの店はカラーストーンだけなのかと思ってた。あんまり扱ってないのか？」

「そのようなことはありませんよ。確かにカラーストーンとダイヤモンド、両方扱うディーラーばかりではありませんが。少しは石に詳しくなったようですね」

「まあな」

手放しではないが褒められたようだ。ちょうどいいので、俺は最近の自分の悩みを打ち明けてみた。宝石はきれいだ。きれいだから高い。でも高さの理由がわからなくてモヤモヤする。ぼったくりとは言わないけれど、鳥の手羽元百グラム六十六円の世界で生きている俺には、ピンとこないものが多すぎる。

「お前にこんなこと聞くのは筋が違う気もするけど、何で宝石は高いんだ……？」

リチャードはふんと鼻を鳴らし、ソファに俺を招いた。隣のソファに腰掛けるのは初めてかもしれない。いや、新神戸《しんこうべ》の新幹線以来か。

「宝石が高価な理由、ですか。それは宝石を掘りだし、加工し、流通のルートにのせる際の加工賃や手間賃が知りたいということですか？」

「うーん……」

手間がかかった分、高いというのはわかる。何だってそうだろう。でも、何故《なぜ》そもそも手間をかけて石を『宝石』にしようと思ったんだろう？

「たとえばの話だけどさ、俺がダイヤモンドで稼ぎたいと思ってるとするだろ。何をどうすればダイヤを売り物にして、儲《もう》けが出るようにできるんだ？　これもビジネスだろうけど、会社経営とはだいぶ違う話だろ」

「何故ダイヤにこだわるのです？」

「谷……俺の友達が、ダイヤは面白い石だって言ってたから、よくわからないけど気になって。『価値』がどうとか……」

なるほどとリチャードは頷いた。谷本さんの言葉の意味がリチャードにはわかるようだ。どういうことなのだろう。売り物というなら、ダイヤだってサファイアだって同じではないのだろうか。

「十九世紀後半にも、あなたと同じようなことを考えた男がいましたよ」

「十九世紀？」

「大規模なダイヤモンド鉱山がアフリカ南部で発見された頃です。それまでダイヤモンドは主にインドで産出したものを、西洋諸国の特権階級が愛でていた、数ある石の中の一つでしかありませんでしたが、その頃から潮目が変わってきました。あなたは経済の勉強をしていましたね。いきなり大量のお札が出回るようなことになれば、どうなりますか？」

「そりゃ……インフレだよ。貨幣の価値が下がる」

ダイヤが出すぎて困るのは、ダイヤを商う宝石商だろう。供給が需要を上回って、安くしないと売れなくなる。値下げ合戦が起こる。結局全然儲からない。そんな感じの話かと確かめると、リチャードはその通りと頷いた。

「増えすぎたものを今までと同じ価格で売るためには、新たな市場を開拓しなければなりません。しかし当時の人々にとっては、ダイヤもサファイアも同じ、よくわからない見知らぬ石です。たとえるならば宇宙進出を求められているようなものでしょう。どうしますか、星の海に船出して、宇宙人を相手に商売をしなければならないとしたら」

「う、宇宙人に？」

「彼らはダイヤモンドを欲しがると思いますか？　ルビーでもサファイアでもエメラルドでもなく、ダイヤを」

ＳＦみたいな話だ。宇宙服を着て指輪を売る宝石商。そういえば経済の授業で、前に教授が同じようなたとえ話をしたことがあったはずだ。新しい商品を売るのはとても大変なことなのだと。

「……難しいと思う。宇宙人はダイヤを欲しがらないだろうな。価値がわからないよ。食べものとか着るものみたいな実用品ってわけでもないし、『どこがいいの?』って言われると思う。もしきらきら光る石が欲しいと思ってる宇宙人がいたとしても、他にも石があるんだったらそっちを買うかもしれないし。サファイアとダイヤのどっちが好きで、どっちを欲しいと思うかは、完璧に個人の趣味の問題だろ」

「その通りです。だからこそ彼は、完全な策を編み出したのです」

「完全な策……?」

「『価値』の創造です」

そこからのリチャードの話は、俺の想像を超えていた。

ダイヤモンド鉱山を持った大富豪は、ダイヤモンドの全てを自分が管理することを考えた。策は二つ、とリチャードは指を二本立てた。

第一に、産出から販売までの経路の独占。筋道の確保だ。他のダイヤモンド鉱山を次々に買い占め、世界中でとれるダイヤモンドの流通を一手に握る。そうなれば水源地を握ったようなものだ。好きなタイミング、好きな価格で石を卸《おろ》せばいい。力技もいいところだ。

第二に、ダイヤモンドという石の素晴らしさを、それまで生涯宝石とは縁のなかった人々に訴えかけること。要はイメージ戦略だ。

世界一硬い物体。単一の元素で構成された純粋な石。七色の輝きを放つ宝石。女の子のベストフレンド。新聞やテレビにうった大規模広告は、世界で一番成功したキャッチフレーズと言われ、文字通り『永遠の輝き』を放っている。

シンプルな作戦だが、やり方は徹底していた。

なんとなく、さりげなく、ダイヤモンドの価値は宝石に興味がなかった人たちの間にも忍び込む。人生の大事な場面にはダイヤがいい。サファイアでもルビーでもエメラルドでもなくダイヤでなければならない。コマーシャル、歌、映画。大事な指輪は母から娘へ。古物商に売るなんてとんでもない。

「……じゃ……ダイヤが高いのは……」

「完成された『価値』の賜物《たまもの》です。もちろん今は十九世紀ではなく二十一世紀ですし、完全な統制など不可能ですが、それでもダイヤモンドを商う大規模な会社であれば、わざわざ自分たちの商品の価値を壊して下げようと思わないであろうことはおわかりでしょう。今でも十九世紀の誰かが考えたように、ダイヤモンドの世界は動いています」

お茶、とリチャードは促した。俺はよろよろと厨房に向かい、何も入っていない鍋を火にかけてしまい慌てた。

一体何なんだ、ダイヤモンドという石は。

美しいから高いとか需要があるから高いとか、全部建前でしかないのか。大前提になる価値すら、売り手が創造したものなのだとしたら、まず第一に儲かる仕組みありきなのか。谷本さんが調べるといいと言っていたのは、こういうことだったのだろうか。

いれたてのロイヤルミルクティーを、リチャードは息をふきかけてから飲んだ。氷を入れ忘れていたことに気づかなかった俺は、思いがけない熱さに悶絶《もんぜつ》し、厨房に駆け戻って水を飲んだ。応接室に戻ると、リチャードは眉間にぐっと皺を寄せた。

「行儀が悪い」

「……ごめん……なあ今の話って本当なんだよな」

「私が信用できないというのなら、何故そんな相手に質問をするのです」

「そういう意味じゃないって」

あんまり途方もない話なので、光で目がくらんでしまったような気分だ。

俺が再びソファに腰を下ろすと、リチャードは第二ラウンドの始まりだと思ったらしい。ダイヤモンドの『美しさ』を決める基準があるのだという話を始めた。

「ダイヤモンドの保証書を『鑑定書』、その他の石の場合は『鑑別書』と呼ぶことは、以前お話ししたように思いますが、あなたはこの理由を知っていますか」

「……気になってはいたけど、知らないよ」

「内容が全く違うためです。鑑別書というのは『この石はエメラルドであってガーネットでも翡翠《ひすい》でもない』という、石の種類を保証する書類です。人間で言うなら、生まれと身長体重、あとは手術歴の記録程度でしょう。ですがダイヤモンドには、先ほどの理由で他の宝石より統一的な価値基準が存在しますので、より詳しい書類が流通しています。身長体重に加えて、顔立ちや髪色、肌荒れの状態まで、ダイヤモンド独自の基準で評価されたより詳細なプロフィールです。こちらの基準に則した内容が書かれているのが『鑑定書』。主な基準は4C《フォーシーズ》と呼ばれていて」

「ごめんもう無理だ。一度にこれ以上は頭に入らない」

俺が口を挟むと、リチャードはしぱしぱとまばたきをした。唐突な声に少し驚いたらしい。ではまた次回にしましょうかと、リチャードはもう一口お茶を飲んだ。俺は小さく溜め息をついた。

何だろう、この『サンタはいない』と面と向かって母親に言われた夜のような、一抹の寂しさは。もちろん知ってたけど。言われる前から何となく知ってはいたけれど。

「……きれいなものってさ、無邪気に『きれい』って言ってられるうちが一番幸せなのかもしれないな。数字のことなんか考えずに」

「それを商売にした私は不幸というわけですか」

「そんなこと言ってないだろ」

「では他の何だと？」

リチャードの声は鋭かった。俺は気後れした。こんな声は初めて聞く。

「あなたにこの話をしたのは、宝石の価値を本当の意味で理解できると思ったからです。ペシミズムに浸らせるためではありません。宝石をお求めになる理由はお客さまによってさまざまですが、一様に共通しているのは、彼らは宝石と、宝石を買うのが好きであるということです。私もまた自分の仕事に誇りを持っています。あなたの好奇心や純粋さは好もしく思いますが、ここには社会科見学に来ているのではないことだけ、覚えていていただけますと、店主としてありがたく存じます」

リチャードは胸に手を当て、美しく一礼した。皮肉っぽい言い回しにも毒が混じっている。わかってる。そもそもここにはアルバイトに来ているわけだし。

でも。

「……お前はさ、仕事してない時もそういう感じなのか？」

「は？」

「いつもクールっていうか、ドライだよな。本物の宝石みたいだ」

返事はなかった。俺がカップを片づけて戻ってくると、リチャードは奥の間に入ってゆくところだった。しばらくするとタイピングの音が聞こえてきた。きっと京都のジュエリーデザイナーに連絡しているのだろう。

このあとすぐに、ガーネットの髪飾りを修理したいというお客さまがやってきて、リチャードは接客に、俺はお茶くみに追われた。忙しいのはいいことだ。でもダイヤモンドの講義も、そのあとのことも、何一つ釈然としないまま、その日のバイトは終わってしまった。

いつまでもくさくさしていても仕方がない。百聞は一見にしかず。案ずるより産むがやすし。

心機一転、俺は新宿のデパートを訪れることにした。ジュエリー売り場だ。銀座にしなかったのは、単純にこっちのほうが宝石売り場が広いとネットに書いてあったからだ。どうせならたくさん見られるほうがいい。リチャードにいちいち見せてもらうのを待っているばかりなんてつまらない話だ。出がけにうっかり見た占いアプリには『意外な遭遇に要注意！　出会い運は大凶』と書いてあったが、いつもこんなもの気にしていたら何もできない。誰かと会うような場所でもないし、特に信じているわけでもないし。

釈然としない思いが一気に晴れるとまでは思わなかったが、少なくともデパートで宝石を売っている人たちは、リチャードとも今の俺とも違う目で、ダイヤモンドを見ているはずだ。そこに触れたい。見てみたい。

「いらっしゃいませ！」

という俺の安直な期待は、宝石売り場への潜入開始後数秒で打ち砕かれた。

まず雰囲気にのまれた。きれいな制服の店員さん、ガラスのショーケース。まばゆいばかりの照明。そしてダイヤ。

ダイヤ。ダイヤ。ダイヤ。どっちを向いてもダイヤ。ダイヤモンドの洪水だ。

ちょっと待て。何でこんなに同じ石ばっかり扱っているんだ。これじゃジュエリー売り場じゃなくダイヤモンド売り場だ。

俺は試しに、フロアの突き当たりの店の人に、すみませんと声をかけてみた。

「ダイヤじゃない石は、ありますか」

「何をお探しですか？」

ものは試しだ。パパラチア・サファイアはありますか、と俺は尋ねてみた。

真っ黒な髪をきれいなオールバックにした、年配の女性店員は、本当に申し訳ございませんと言って、きらびやかに苦笑いした。

「とても珍しい宝石ですので、ただいま当店には在庫がございません」

うちのアパートのカラーボックスに一つ入ってます、とは言いにくい雰囲気だった。

「じゃあ、アメシストは……」

「申し訳ございません。お取り扱いがございません。青いサファイアや、ルビーでしたら」

「ルビーは、ヒートですか、ノンヒートですか」

「ヒートでございますが、宝石の美しさは天然のルビーに勝るとも劣りませんよ。お詳しいですねえ」

「ああ、えっと、趣味で」

店員さんは困惑気味に笑っていた。それはそうだろう。俺は見るからに学生というラフな格好だし、背中のリュックサックには午後の授業の教科書と、定期券と二千円入りの財布しか入っていない。ショーケースの中には六桁《けた》や七桁の値札が並んでいる。場違いもいいところだ。申し訳なくなってきた。

ダイヤをいろいろ見せてほしいんです、と言い出す前の枕の部分でつっかえてしまった俺は、出直すことにした。ここにいると無駄に心拍数が上がる。一時撤退しよう。こういう時にはロイヤルミルクティーでも飲んで落ち着くのが一番だ。もっともここは銀座の店ではないから茶葉も厨房もないし、頼りになる上司も——

下りエスカレーターの途中に、金色の頭が見えた。黄土《おうど》色のパンツ、無地の開襟《かいきん》シャツ、無類の美貌の横顔。

「リチャード！」

振り向いたリチャードの顔は見物だった。何でお前がそこに、という顔でしばらく見つめ合っている間に、リチャードを乗せたエスカレーターは、下のフロアへと動いていった。婦人服の階で追いついた俺は、待っていてくれたリチャードに駆け寄った。肩に服屋の紙袋をかけている。裸足に茶色のモカシン。今日は買い物か。

「……あんなところで何をしていたのです」

「勉強だよ。でも駄目だ、あそこは一人で行くところじゃない。圧迫面接の会場みたいだ。ダイヤモンドを見せてもらおうと思ったのに」

「ダイヤモンド？」

「習うより慣れろっていうだろ。頼むよ、一緒に来てくれ」

変な芸を覚えた動物を見るように、リチャードはしばらく冷たい顔をしていた。通り過ぎてゆく女性たちがリチャードをじろじろ見てゆく。モデルさんかしらね、という声が聞こえる。つくづく立ち話に向かない顔だ。

　まあいいでしょう、とリチャードは呟いた。

「ただし条件があります。私は日本語を喋りません」

「え？」

「店員に喋れると思われたくありません。面倒です。それでもよければ付き添いましょう」

　英語のやりとりなんて無理だと伝えると、店員が見ていない時に日本語で解説してくれると言う。ありがたい、出会い運は大凶どころか大吉だ。このご恩は必ず、デパ地下スイーツでと俺が拝むと、リチャードは無言で上りエスカレーターに向かった。

　想像通り、リチャードの効果はてきめんだった。財布の中身が温かそうな外国人の登場は、鮫《さめ》の池に生肉を投げ込んだような効果を発揮した。さっきとは別の店のカウンターでダイヤモンドが見たいんですと俺が頼むと、お姉さんは極上のスマイルを浮かべてリチャードを見た。通訳だと思われたのかもしれない。

　ずらっと並んだダイヤモンドのリング。大きい宝石、小さい宝石。目がくらみそうな七色の反射光。

「……すごい。石じゃないみたいだ」

「そうですね。きれいにカットされたダイヤモンドは、入ってきた光を全て反射してしまいますから。たとえば鉛筆で線を書いた紙の上に乗せても、下の線は見えません。もし見えたら、それはダイヤではなくてキュービック・ジルコニアですとか、他の石である可能性が高いです」

ほんとかよ、と俺がちらりと後ろを見ると、絶世の美男はうんうんと頷き、すっと指を伸ばして、これを見せてくださいとショーケースの中の石を一つ、示した。店員さんがカウンターの後ろで身をかがめている間、アルファベットに注目しなさいと俺に囁《ささや》いた。アルファベット？

ひときわ大きな、白色光を放つダイヤのリングを、俺はケースからとりあげて手に持った。白い糸で結ばれた紙のタグがついている。

「Ｄ……ＶＶＳ１……なんですかこれ」

「こちらはダイヤモンドの品質をあらわす、４Ｃという基準の評価ですね」

４Ｃ、この前リチャードから聞きそびれたやつだ。お姉さんはペラ紙を一枚くれて、見せながら説明してくれた。いわく、ダイヤモンドの品質を決める基準は四つ、全部Ｃから始まる、だから４Ｃと。

カラット——重さすなわち大きさ。

カラー——色。真っ白なものはＤ。ＥＦＧとくだるにつれ黄味が増す。この黄味とは別に、美しい色のついたダイヤもあるという。いわゆるカラーダイヤだ。ピンクが人気で、イエロー、ブラウン、グリーンなどもある。ブルーはとても珍しく、高い。

クラリティ――透明度。十一段階評価で、中身に不純物がないことを評価する。FL、IL、VVS1などの記号は『傷はありません』とか『とっても傷が少ないです』『とってもとっても傷が少ないです』などの英単語の略称だった。

そしてカット――削り方。入ってくる光をいかに反射させるかは、人間の挑戦の歴史だという。いわゆるダイヤモンドという形の五十八面体、ブリリアントカット。上から見ると正方形のプリンセスカット。

「これはDカラー、つまり最上級のお色で、VVS1、十倍の拡大鏡で覗いても不純物が見えない透明度、カットはブリリアントカットです」

ダイヤにお詳しいですね、と英語で語りかけられたリチャードは、謎の横文字言語で返事をした。俺はさっぱりわからないながら、できる男の顔で頷いた。何だか楽しくなってきた。

俺はいろいろなクラリティやら、カラーやら、カラットのダイヤを見せてもらった。

でも当たり前のように、全部女性ものだ。

「……ここって男性ものは置いてないんですか？」

店員のお姉さんが、あっと小さく呻《うめ》いたのが聞こえた。何だろう、変な質問だったのだろうか。

しばらく待たされている間、リチャードが小さく溜め息をついたのが聞こえた。もう少しだけ頼むよと肩をすくめると、じっとりと恨めしげな視線を返された。珍しくこわばった面持ちで、心なし顔が赤い。何だろう。薄着に見えるけれど暑いのだろうか？

戻ってきたお姉さんは、うきうきと弾むような顔で、俺に一礼し、こっそり囁いた。

「渋谷《しぶや》の条例、おめでとうございます」

条例？　何だっけ。まあいい。今はダイヤだ。

男性向けというだけあって、ダイヤモンドはあくまで小ぶりで、リングがしっかりしている。素材はプラチナだという。お試しくださいと言うが早いか、お姉さんは俺の左手をがっしと摑《つか》んで薬指に指輪をはめた。勝手に結婚指輪の指というイメージだったけれど、大体どんな指輪もこの指にはめるものなんだろうか。

「とてもよくお似合いですよ」

「どうも……」

「一生に一度のものですからね」

「あ、やっぱりそうなんですか。ダイヤって」

「そうですね。一目でエンゲージとわかるお石ですから。お二人の門出をお祝いするものでもございますし、『永遠の輝き』という言葉の通り、はじまりからおわりまで、ずっと見守るお守りにもなってくれます。そして何より、とても美しい石ですからね」

土曜日のリチャードの話を思い出し、俺は複雑な気分になった。このお姉さんはダイヤモンドの『価値』の話を知っているんだろうか。もちろん知っていたとしても、話して購買意欲が刺激されるような話じゃないことは明らかだ。俺だって言わないだろう。

彼女の言葉と、ダイヤモンドの輝きは、ただひたむきに、『幸せ』のイメージを訴えていた。

そのあともお姉さんは、俺にいろいろなことを教えてくれた。別にリチャードに限ったことではなく、宝石屋というのはものすごく喋る商売らしい。圧倒的な硬さ、単一の元素によって構成されることから連想される純粋さ。清廉《せいれん》で、純粋で、頑丈で、光り輝く。大体この前聞いた話と同様だったけれど、彼女が語るのはある種のロマンティックな婚約の理想像だった。大抵の人が宝石屋にやってくるのは、多分結婚を考えた時で、ジュエリーが欲しい時ではない。そういう意味でもダイヤは特別な石であるようだ。特に宝石が好きではない人にも縁がある、顔の広い石。

「何だか不思議な石だなあ！」

な、と振り向いた時のリチャードの顔は見物だった。何だこの、悟りを開いたブッダのような顔は。もう何を言われても気にしないとばかりに穏やかな表情をしているが、視線は虚《うつ》ろに中空を彷徨《さまよ》っている。何かとてもつらいことでもあったんだろうか。ひょっとして腹でも壊していたのか。悪いことをした。

ありがとうございました、勉強になりましたと深く頭を下げて、俺は店をあとにした。小声でこっそり、大丈夫か？　とリチャードの具合を尋ねたが、無視された。単なる不機嫌か。お姉さんはずっと嬉しそうな顔で俺たちを見送っていた。

「あの人、俺の顔が好みだったのかな？　ずっと笑ってたよ。悪い気しないな」

「…………しばらくあなたとは話したくありません」

「付き合わせて悪かったよ。でもおかげで勉強になった。デパ地下で何買う？　ここも有名な店がたくさんあるだろ。恩は返さなきゃな。その前にトイレ行くか」

「結構です。所用がありますのでお先に失礼します」

「わかった。じゃあ今度の土曜に」

一階に着くや否《いな》や、リチャードはろくに俺の顔も見ず、店から出て行こうとした。休日に仕事をさせるような真似をしたことを怒っているのかもしれない。

と思っていたら、きびすを返してすたすたと戻ってきた。何だよ。

「今後あの店に行くことがあれば、『婚約は破棄した』と伝えるように」

「婚約？　お前、日本語間違ってないか」

絶望的に呆れたという顔をして、リチャードは再び、新宿の町に出て行った。不思議な体験をして心地よくくたびれた俺は、何だか特別な気分で山手線《やまのて》に乗り、大学へ急いだ。こんな日はどこかでばったり、谷本さんに出会えたらいいのに。


京都のデザイナーはいい仕事をしたようで、三つのデザイン案を、小野寺さんはどれも気に入ってくれた。タイピンはあくまでベーシックだが、土台への宝石の付け方――セッティングというらしい――がお洒落《しゃれ》で、ちょっと斜めにしたり、立体的にカーブさせたりしている。お店ではあまり見かけそうにない形だが、デザインばかりが先走っているわけでもなく、ちょっとした集まりの場でもつけやすそうだ。デザイナーが描いた図に、お茶をくみながら俺は興奮した。新しいジュエリーが生まれようとしている。

小野寺さんは再びダイヤの指輪を持って来店したが、黒い汚れは以前のままだった。

楽しそうな顔で悩んでいる小野寺さんは、俺に助言を求めた。

「会社の若いのは、ちょうど君くらいの年齢だからね。どれが一番モダンですか。若い感性で教えてください」

「全部格好いいと思いますけど、そうだな」

これかな、と俺が三番目のものを指すと、小野寺さんは嬉しそうに笑って、私もこれが一番好きですと言ってくれた。余計な飾りダイヤを加えない、シンプルなセッティング。新宿以来のリチャードは、デパートでの不機嫌が嘘《うそ》のような笑顔だった。さすが世界をまたにかける商売人。お土産のベリータルトも効いたのかもしれない。

こちらの形でお願いしますと言った小野寺さんに、リチャードはその件なのですがと切りだした。

「デザイナーから相談がありまして、宝石のお直しをさせていただけないかと。少し削りたいと言っています」

「……汚れの件ですか？」

「別件です。もちろん完成時には汚れも落としますが、もう一度カッティングをさせていただければと。小野寺さまさえよろしければ、削り直しをしたいのです」

どういう風の吹き回しだろう。中性洗剤で汚れが落ちるのに。〇・二グラム変わるだけで『一カラット』という数字が、値段が変わってしまう世界では、大変なことではないのか。

リチャードはぱりっとしたスーツと温和な笑顔を武器に、穏やかに言葉を続けた。

「こちらのダイヤモンドをお買い上げになられたのは、四十年ほど前ですか」

「その通りです。当時のはやりのカットなのかな。新婚旅行のアントワープで買いました。貧乏旅行でしたが……あの頃はダイヤのカットといえばベルギーでしたが、今はどうです？」

「今も盛んですが、アジアの市場が拡大しています。タイ、スリランカ、インド」

「時代は変わりますね」

四十年前の新婚旅行。携帯電話もインターネットもない世界だ。世界はどんな風に見えたんだろう。小野寺さんはテーブルの上に置いた指輪を、しげしげと覗き込んだ。目には見えない何かに微笑みかけたようだった。

顔を上げた時、小野寺さんはよそゆきの紳士の顔をしていた。

「わかりました。あなたを信じましょう。リカットの件も前向きに進めてください」

「かしこまりました。一カ月ほどで完成します。ご予算のことですが」

「いいように進めてください。大きく変わるようなことがあればまたメールで。時間が押していましてね、今日はそろそろお暇《いとま》を」

言うなり、小野寺さんはそそくさと立ち上がり、荷物を片づけ始めた。いきなりもいいところだ。ここからが一番大事なことじゃないのか。急いでいるなんて言わなかったのに。

小野寺さんは、最後にリチャードに宝石箱を託し、握手を交わした。

俺がまごまごしていると、小野寺さんはにっこり笑った。よく見ると今日の帽子はスエードだ。まるっきり冬物である。もう初夏という時期に、何でまた。

「君の、ダイヤの勉強は進んだ?」

「何とかやってます。本物をたくさん見ました」

それはよかったという小野寺さんの笑顔は、どこか上ずって見えた。俺と話したいのではなく、リチャードとあまり話したくないように見えた。もっと言うなら、宝石の話をしたくないような。

何故だろう。

「……このダイヤは、小野寺さんにとってどんなものなんですか」

「え?」

「エンゲージリングって、特別なものでしょう。ダイヤは永遠の石だから、最初から最後まで見守ってくれるなんていうし。リフォームなんて一大決心って感じが」

「正義」

氷のような、リチャードの声。

反応したのは俺だけではなかった。暗闇《くらやみ》の中を漂うような目をしていた小野寺さんは、はっとし、張りつけたように笑った。

「お世話になりましたね。今日は失礼」

ありがとうございましたという見送りの声は、リチャードのものだけだった。俺は何も言えなかった。久しぶりに見た。あんな断崖絶壁に立たされたような目。

気の立った虎が深呼吸するような音がした。振り向くとリチャードが腕組みをしていた。こんなのは見たことがない。爪先から頭のてっぺんまで、氷の彫像のようだ。

「社会科見学ではないと、この前も言ったはずですが、わかっていただけなかったようで、残念に思います」

残念。愚かと言われたほうが何百倍もましな響きだった。

静かな店の中で、俺は深く頭を下げた。

「申し訳ありませんでした」

「指輪を金庫にしまいます。お茶。ロイヤルミルクティー」

指輪を持ったリチャードが、奥の部屋に消えたあと、俺は店の扉をぼんやり眺めてしまった。小野寺さんが戻ってくるような気がしたのだ。やっぱり指輪を返してくださいと言って。

俺は自分の妄想のばかばかしさを笑い飛ばした。会社の社長をしていて、還暦で、スーツの似合うしっかりした紳士が、石一つにそこまで取り乱すことがあるだろうか。ないだろう、普通。

でもその『石一つ』を、小野寺さんはとても大事にしていた。

多分わざと黒いままとっておいたものを、大きく変えると決めて、ここへ来たのだ。どんなことがあったのか、もちろん俺は知らない。リチャードも知らない。だから知りたいと思ったけれど、いたずらな好奇心でひっかきまわされたくないことくらい誰にでもある。明らかに宝石には縁のなさそうな大学生がサファイアを見せた時だって、リチャードは余計なことは何も尋ねないでくれたのに。クールすぎてドライかもしれないが、リチャードは誰かの心を抉《えぐ》るような真似は絶対にしない。こんなのは石云々《うんぬん》以前の問題だ。

カスタードクリームとブルーベリーのタルトを、リチャードと俺は言葉少なに片づけた。店の人には最近の売れ筋と言われたケーキだったけれど、味がよくわからなかった。

俺の嫌な予感は、二週間後に当たった。

上海《シャンハイ》からのお客さまが帰り、一雨来そうですねとリチャードが零《こぼ》した時。

「こんにちは」

突然、小野寺さんがやってきた。タイピンの完成まではもう二週間かかるはずだ。前二回の来訪と比べると、随分暗い色の服を着ている。スラックスの色は黒っぽいネイビーで、シャツも柄なしの白だ。かしこまった商談の帰りか何かだろうか。

彼は俺のことを見ず、店の奥のリチャードを見ていた。

「タイピンをオーダーした小野寺ですが……」

「ようこそお越しくださいました。リフォームは順調です」

「やはり、キャンセルしたいのです」

空気がひび割れたような一言だった。小野寺さんは早口にまくしたてた。

「いろいろ考えたのですが、あれはあのままとっておくのが一番いいだろうと。かかった料金はお支払いします。明細を送ってください。ご無理を申し上げて本当に申し訳ない。間に合いますか」

「確認いたします。また追ってご連絡を、今夜中には」

「すみません。では……よろしく」

俺もリチャードもろくに見ずに一礼し、小野寺さんは出て行ってしまった。幽霊のような足取りだ。俺はリチャードを振り返った。一秒で店主は俺の思いを悟った。

「やめなさい」

「ごめん、ちょっと抜ける」

「あなたの行くべき局面ではありません」

「雨が降りそうだから！」

「正義！」

店主の声を無視して、俺は傘を摑んで階段を下りた。ごろりと空が鳴った。

左右の道を見回し、中央《ちゆうおう》通りへ向かう道をゆくと、白いシャツの背中が見えた。かなり離れている。小走りの歩調は、何かから逃げようとしているようにも見える。ぽつり、と俺の鼻を雨粒が打った。

「小野寺さん」

大声で呼ぶのは憚《はばか》られた。何だか倒れてしまいそうに見えたから。

五歩後ろまで近づいたところで傘をさし、名前を呼ぶと、ぬらっと小野寺さんは振り向いた。青い顔をしていて、しばらく俺が誰なのかわからなかったようだった。

「中田正義です。宝石屋のバイトです。傘持ってきました」

「……大丈夫だよ。タクシーで帰るから」

「いいんです、これ店のじゃなくて俺のです。持っていってください。勝手にやってるんです。宝石のこと、どうこうとか、何も関係ありませんから」

あとずさりした小野寺さんは、縁石につまずきそうになった。危ないと俺が腕を摑むと、後ろを青い車が駆け抜けていった。俺たちは揃《そろ》って溜め息をついた。

雨音にまぎれるように、小野寺さんはぽつりと零した。

「今日は……妻の……命日で……」

「え？」

命日。

エンゲージリングの持ち主の。

俺が傘をさしかけている間に、雨はどんどん本降りになってきた。ゲリラ豪雨のような勢いだ。三百円のこうもり傘は、長い間二人も入っていられるほど大きくない。

よろよろしていた小野寺さんは、遊歩道の手すりに摑まって笑った。ちょっとそこのお店で、雨宿りしましょうか、と。

疲れ果てた、重い荷物を背負った顔だった。

俺たちは近くの喫茶店に入った。スポンジケーキがおいしいと、リチャードが雑貨屋と世間話していたというのはここだろうか。食べて喋る雰囲気ではなかったので、ブレンドコーヒーを二つ。外はますます雨模様だ。

「……今日はね、お墓参りに行ってきたのだけど……その時指輪がないことに気づいて……やっぱりあのまま持っているのがいいのだろうと……」

断片的に言葉を紡ぐ小野寺さんは、思い余ったような顔で、一言、俺に打ち明けた。

火事で死んでしまったんだ、と。

煤煙《ばいえん》だとリチャードに言われた時から、何となく想像していたことではあったけれど、やはりあのすすは、そういうことだったのか。

お悔やみを申し上げます、なんてすかさず言えるほど器用ではない。そもそもこんな言葉は四角四面すぎて、相手の心に寄り添うどころか針で貫いてしまうような気がする。でも何も言わないでいたら、自分の戸惑いをそのまま相手に押しつけてしまうようなものだ。

小野寺さんは考え込んでいる俺を見て、小さく笑った。

「君はまだ若いのに、考え深そうな目をしているね。不思議な人だ」

「ばあちゃんが……いえ、祖母がそういう人だったので」

「おばあさまが」

「いつもいろんなことを、いっぱい考えてる人でした」

独りで、小野寺さんのような顔で。

話を聞くというのは、相手の過去を少し引き受けることだ。別にそれで相手の荷物が軽くなるとは限らない。でも話せば何かが、形にならないままわだかまっているものが、光をあてられたおばけのように、姿を現すかもしれない。姿がわかれば、重さがわかる。重さがわかれば、多分背負いやすくなる。

だから俺はばあちゃんに話してほしかった。いろいろなことを。ばあちゃんのために何かしたかった。でもあの時の俺は何もできなかった。困っている人を見ると闇雲に助けたくなる発作の原因は、小さい頃ばあちゃんに褒められたからだ。でもそれ以上に、あの時自分に感じたどうしようもない無力感の穴を、必死で埋めようとしている気がする。

俺が何も言えずにいると、小野寺さんは口を開いた。

「妻は、恭子《きょうこ》といってね。元気な人だったよ。金平《きんぴら》ごぼうが上手で、商売柄夜遅くまで家が騒がしくても、文句も言わず……いや、たまに喧嘩《けんか》をしたなあ。うちの社員にも母親のように慕われてね。私たちには子どももいなかったから……」

夜の間の火事だったのだという。

取引先の人と飲みに出ていた小野寺さんは、家が燃えているという連絡を、持ち始めたばかりの携帯電話で受けた。火は一階の、会社の応接室にあたる場所から出たものだった。誰かの消し忘れた煙草が床に落ちて、ソファが燃え上がったのだ。家にいたのは恭子さんだけだった。

その夜の彼女の様子を、近所の人が目撃していた。

家が燃え始めたあと、恭子さんは一度、外に出てきたという。だが消防隊が駆けつける前に、中に戻ってしまったのだ。

「指輪を……指輪を取りに行くと言って……戻ったんだと……」

ダイヤモンドは炭素だ。炭と同じ成分をしている。俺だって知っている。超高温で焼けたら消えてしまう。恭子さんもそれを知っていたのだろう。でもそれはダイヤモンドに限ったことではない。人間だって炭素でできているのだから。

火事のあと、くすんだ指輪だけが、小野寺さんの手元に残った。

「枕元に小さな金庫があってね、いつも寝る前にそこから指輪を取りだして、大事に眺めていた。夜だったから……金庫から出したままだったのかもしれない。指輪は寝室で見つかってね……家内は、そばに……彼女のかばっていたところだけ、焦げつかずに……」

小野寺さんは言葉に詰まり、白いナプキンを目元にあてた。黒い制服のお姉さんたちは慣れたもので、見て見ぬふりをしてくれる。これが『お客さま』と『お店』のあるべき姿なのだろう。関わりすぎるのは不作法だ。でも、もうそんなところは通り過ぎてしまった。

「取り乱して申し訳ない。あの指輪には、いろいろな思い出があって、ありすぎて……」

私の手に余る宝石になってしまった、と小野寺さんは吐露《とろ》した。

「指輪をプレゼントした時、彼女はとても喜んでいたんだ。本当に嬉しそうに……今思えば大した額でもなかったのに『ダイヤモンドってこんなにきれいなものだったのね』と言って……でも今は、指輪を見るたびに苦しくなってしまうんだ。あんなものなければよかったと、恨めしい気持ちになるばかりなんだよ。手放したくはないが、見るたびにつらい。あんなものがなければ、彼女は死ななかったのに。あんなものさえなければ、あんなものさえ、私が……」

失礼、失礼、と繰り返しながら、小野寺さんはポケットからハンカチを出した。四つ折りにされたまま、随分長い間入れっぱなしになっていたように見える。ハンカチにアイロンをかけて、彼に毎朝手渡してくれた人は、今はもういないのだ。

「……大切な人がいなくなると、つらいですよね。しばらく何も考えられないくらい」

「そうだね。もう私は十年も、何も考えられずにいる気がする」

「十年！」

「びっくりしたかい？」

微笑む顔には、力がなかった。じゃあ小野寺さんは、十年間毎日毎日、半分黒いダイヤを眺めては、火事を思い出して。

俺は試しに、ダイヤモンドの汚れは中性洗剤で簡単に落ちるという話をしてみた。知らなかったのなら驚くはずだ。でも。

予想通り、小野寺さんは穏やかに笑った。リチャードの言っていた通りだ。わかっていたけれど、そのままにしておいたのだ。

「歳《とし》をとると時間は若い頃の何十倍、何百倍の速さで過ぎ去ってゆくが、つらいことや悲しいことは……ちっとも過ぎてゆかないものだね」

「あの、ならどうしてうちの店に指輪のリフォームを？」

小野寺さんは再び、暗闇の表情になった。俺はこの顔を知っている。思い出の中の自分と今の自分が耐えきれないくらいちぐはぐになってしまった時、人はこういう顔をする。話しかけても答えてくれない。子どもには怖いくらい表情が硬くなる。男も女も関係ない。

小野寺さんはハンカチを置き、片手で顔を覆った。

「……わかっているんだよ。三十年間、彼女が私と一緒にいてくれた間には、つらいことだけではなく、幸せなこともたくさんあったのに、もうあの指輪を見ると火事のことしか思い出せない。それがつらくて、申し訳なくて……どうにかしたかったんだ。だが考えれば考えるほど彼女のことを…………忘れようとしているようで……あれが新しい形になって戻ってくると考えると、嬉しい気持ちの何倍も、かきむしられるように胸が苦しかった」

勝手なことを言っているね、と小野寺さんは零した。違う。そんなことはない。つらさにはグラデーションがある。いつでも同じ分量だけぱっきりつらいなんてことはないし、親しい人が死んだ時のつらさは、何度も何度も時間差攻撃をしかけてくるから、全然脈絡のない場所で泣きそうになることもある。小さなことでも怒りっぽくなるし、疲れやすくなって、まわりの人間は見ていられないほどだ。

そういう中で少しずつ、俺の母親は前を向いて、また仕事に戻っていった。唯一の親の死がどのくらいショックだったのか、俺にはまだ想像できない。でも今は昔のように夜勤にも入るようになったし、好物の油物もまたモリモリ食べる。俺はそれが嬉しい。好きな人に、元気がなかったら心配だし、笑っていてくれたら嬉しい。

そういうものだろう。誰だって。

「……あの、小野寺さん、知ってますか。ダイヤモンドって地面から掘り出した時には、あんまり光ってないらしいです。だからメジャーな宝飾品になったのって、ルビーやサファイアより、最近らしいです。世界で初めてアントワープでダイヤの研磨が始まったあとからだって」

俺はリチャードのように流暢《りゅうちょう》に喋れる人間ではない。でもこんな時は自分があんな風に喋れると信じるしかない。どうしても伝えたいことがある時には。

「あの店でバイトをし始めて、宝石のこと少しずつわかり始めて、最初は変だと思ったんです。天然のものを加工する理由って、儲けるためだけだと思ってたから……でもそれだけなら、人は宝石を好きじゃないと思うんです。もちろん売るからには、何だって商品ですけど、宝石の歴史って、ひとがひとを喜ばせようとする歴史の積み重ねだと思うんです」

小野寺さんは呆然《ぼうぜん》と、俺の顔を見ていた。外からは雨の音がする。俺は言葉を続けた。

「ほら、きれいなものを見ると、それだけで嬉しいでしょう。感動したり、やる気になったり、力が湧いてきたり……そういう思いを大切な人に味わってほしいって『需要』があるから、どんどんきれいなものを求めるんだと思うんです。昔の王様にもルビーやサファイアは愛されていたし、ぶどう酒色のアメシストは酔い止めのお守りとして大切にされていたし、磨けるってわかればダイヤが人気になる。『カッティングは人間の挑戦の歴史』なんて言いますけど、そういうことだと思うんです」

百五十年前、ダイヤモンドで儲けようと思った男が、何を考えて『永遠』というキャッチフレーズをつけたのかはわからない。でも今大事なのは、そいつが何を欲していたのかではなく、そいつの生み出した永遠の光の中で、多くの人が幸せの形を描いてきたことだろう。

ただの石にかけがえのない価値が宿るとするのなら、それは持ち主に心からの愛情を注がれた時だ。

磨かなければダイヤモンドは宝石にならない。

だから磨く。輝かせる。喜んでほしいという願いを込めて。

石は人の願いに応《こた》え、想いを伝えてくれる。

「この前、新宿で見たダイヤは……光の万華鏡みたいだったな。この世の幸せなことが全部入ってるみたいでした。『永遠の輝き』って正直よくわかりませんけど、俺が大事な人にあげるなら、ずっといいことがありますように、幸せでいてくれますようにって願いを込めて贈ります」

四十年前の小野寺さんだって、そうだったはずだ。

無言の紳士は、首を横に振っていた。こんな話を赤の他人の、何も知らない若い男に聞かされたら、黙って帰ったって当然なのに、この人は俺の話を聞いてくれる。ごめんなさい。もう少しだけ。

「……そういう気持ちって、もらったほうも同じだと思うんです。好きな人には、幸せでいてほしいです。悲しんでほしくないです。つらいことに長い間とらわれてほしくないです。指輪を取りに戻ったのは、ダイヤだからじゃなくて、小野寺さんとの思い出の指輪だったからでしょう。だから大事だったんでしょう。命をかけても惜しくないくらい」

沈黙。

　喫茶店には穏やかなジャズが流れていた。この曲は知ってる。雨に唄えばだ。雨が降っているけれど、心は嬉しい――ぼくの心は晴れてる、また幸せな気分だ。古い映画の曲で、着メロに入っていた。アレンジが効いていて、ピアノが雨だれのようにぽつぽつ歌う。

「……嘆き悲しむことと、悼《いた》むことは、似ているようで、違うのか」

　雨粒のような呟きは、俺に向けた言葉ではないようだった。

　紳士は久しぶりに、初めて会った時と同じような顔で、微笑んだ。

「君のおばあさまは、きっと素敵な方だったのだろうね」

「素敵っていうか、豪快な人でした。ちょっと小野寺さんに似てて……すみません、勝手に似てるなんて言って」

「とんでもない。光栄な話だよ」

「……ばあちゃんの仕事、当ててみます？」

「うむ、ファッションデザイナーさんかな？」

「女掏摸《すり》です。超凄腕《すごうで》の」

　ぎょっとした小野寺さんは、少し間を置いて、笑い始めた。俺はさめてしまったコーヒーを一口飲んで、今年の春に起こった、数奇な出来事を小野寺さんに語った。バイトの帰りに出会ったリチャード。パパラチア。新神戸。令嬢の指輪。銀座のアルバイト。

俺が話すだけ、小野寺さんは笑ってくれた。

からりと雨があがった銀座の町を歩いて、俺はリチャードの店に戻った。小野寺さんと一緒に。

「先ほどのリフォームの件ですが……そのまま続けていただけますか。お騒がせして申し訳ありませんでした。もうこんなことはしません」

「お任せください」

「改めて、よろしくお願い致します」

二人のスーツの男は、俺の前で再び握手を交わした。

小野寺さんを見送ったあと、俺は店の時計を見て驚愕《きょうがく》した。午後五時三十分。閉店時間を過ぎている。雨で時間がよくわからなかった。

「リチャード、ごめん！　店を閉めないと」

厨房に入っていったリチャードは、ティーカップを二つ持って戻ってきた。ロイヤルミルクティー。湯気が立っている。

「飲みなさい」

俺はぽかんとしたまま、ソファに腰掛けてロイヤルミルクティーを飲んだ。砂糖は多めだ。温かい。胃袋にすとんと落ちてくる。この店に初めて来た時と同じ。

「……待っててくれたんだな。俺、また懲《こ》りないで暴走したのに」

「慣れましたよ。それとも店を閉めて、あなたの鞄だけ、路上に放り出しておけとでも？　急な雨でしたね。あまり濡れなかったようで何よりです」

「ああ、うん……」

いい加減にしろと叱られると思っていたのに、リチャードの言葉は優しかった。どうして、と俺が困惑の視線を向けると、リチャードはカップを持ったまま応じた。

「あなたのまっすぐなところは、九割は迷惑ですが一割は好もしく思います。今回はお客さまに恵まれました。あなたの誠意を受け留めてくれる相手で、実に幸運でしたね」

「この前はごめん。ひどいこと言ったよな。クールすぎて石みたいだとか」

「よく覚えていません」

「……そういうのは、ないだろ。日本人は義理人情を大事にするんだよ」

「ご覧の通り私は外国人でして、この国の文化風物には疎《うと》いのです」

やっぱり覚えている。リチャードはすまし顔でお茶を飲んだ。もう苦笑いするしかない。

「……お前、よく俺のロイヤルミルクティー飲んでくれるよな」

「はあ？」

「だって本家本元のほうが断然うまいよ。何でこんなにうまいんだろうな？」

「誰かにいれてもらうお茶は、それだけでおいしく感じるものですよ」

俺が目を見開くと、リチャードはすいと目を逸らした。

「飲んだらカップを洗って片づけ、掃除をしたら店じまいです。手早くやりましょう」

「あのさ、意外と照れ屋？」

「やかましい」

午後六時に店を出て、おつかれさまでしたとお互い一礼したあと、リチャードは黒いキャリーケースを引いて、銀座の町に消えていった。


リフォームのオーダーからきっちり一カ月後。ダイヤのエンゲージリングは、きれいな箱に入って戻ってきた。文字通り、生まれ変わった姿で。

「いかがでしょう」

緊張した顔の小野寺さんの前に、リチャードはいつもの玉手箱の代わりに茶色いベルベットの箱を持ってきた。中は白いクッション張りの宝石箱で、中央に銀色のタイピンが鎮座している。鉛筆のデザイン画だったものが、三次元の重みを持って存在していた。つや波模様の入った平らなタイピンには、指輪を鋳溶かしたプラチナが混じっている。

つやした光沢は、触ってと持ち主に訴えかけるようだ。

そしてダイヤモンド。

タイピンを守るようについている石が、俺には小野寺さんの宝石箱に入っていたのと同じものに思えなかった。黒ずみは見る影もない。こんなに明るい虹色の石だったのか。

ダイヤモンドは店中の光という光を集め、小さな太陽のように輝いていた。

「タイピンにするにあたって、下部のキューレットとパビリオン、石のとがった部分とその周囲を調整させていただきました」

ソファに座った小野寺さんは、箱の中のタイピンと、しばらく見つめ合っていた。悲しい笑顔ではない。ややあってから、長い溜め息をつき、泣きそうな笑顔でリチャードを見た。

「…………どうやったのです?」

「光の入り方は、宝石のカットとセッティングによって大きく変化します。過去の指輪の輝きを精巧に再現できるように、職人が力を尽くしてくれました」

小野寺さんはしばらく黙りこんでから、ぽつりと零した。

「ダイヤモンドは、こんなにきれいなものだったんだね」

喉《のど》につかえていた物がとれたような、温かい声だった。

小野寺さんは小さく目元をぬぐい、俺とリチャードを見た。

「ありがとう。いい仕事だ。何と言ったらいいのかわからないほどです」

小野寺さんはタイピンの上のダイヤを、いとおしそうに親指で撫《な》でた。

「とてもよい石でした。磨いた職人も驚いていたようです」

そうでしょう、と小野寺さんは頷いた。俺の出したロイヤルミルクティーを一口飲んで、思い出したように口を開いた。

「……今日ここで、久方ぶりに妻の笑顔を思い出しました。あんなに美しいものは世界に二つとない。心から感謝します。ありがとう」

小野寺さんは何度もお礼を言って、また会いましょうと言ってお辞儀をしてくれた。そして店を出る直前、俺だけに向き直った。

「例の話だけど、本当にいいのかね？」

「俺もいろいろ考えましたから。よろしくお願いします」

「そうですか。わかりました」

君は大物になるねと小野寺さんは笑い、店を出て行った。

一人解せないという顔をしているリチャードに、俺は生まれてこのかた浮かべたことのないような、極限のにやにや笑いをした。美しい顔立ちが不気味そうに歪んだ。

「……何です。『例の件』とは」

「いやあ、実を言うと俺、リクルートされちゃってさ」

眉根を寄せたリチャードに、俺はゆっくりゆっくりとことの次第を説明した。

「小野寺さんに会社のインターンに来ないかって誘われたんだ。けっこう忙しいらしいけど、きちんと給料も出るし、事実上の正社員見習いらしい。在学中から将来を考えて、一緒に勉強してみませんかって。青田買いってやつ？　営業職だよ」

この前の喫茶店でいらないことまで喋りまくった俺は、大学のことや経済の勉強をしていることまで小野寺さんに打ち明けた。アドレスを交換したあと、一度メールをもらった。要約すると内容は『うちの会社で働きませんか』だった。

「調べたらけっこうすごいんだぞ、マレーシアとかサウジアラビアとか、いろんな国に機械の部品を卸してるんだよ。ニッチな市場だから競合企業が少ないみたいで、まだまだシェアは伸びると思うな。何より社長が俺のこと気に入ってくれてるし。このご時世にはかなりおいしい話だよ」

「なるほど」

リチャードはソファに腰掛け、飲みかけのロイヤルミルクティーを一口飲んだ。

あれ。リアクション、それだけか。

「……何にも言ってくれないのか？」

「向いていると思いますよ」

「え？」

「営業職」

もう一口お茶を飲んでから、リチャードはゆっくりと膝《ひざ》の上で手を組んだ。表情は明るい。声も平常運転だ。

「人が宝石を大事に想う心は、人が人を大切に想う心と似ています。あの時あなたが彼に何を言ったにせよ、彼が大切にしているものをきちんと受け止め、きれいにして返してあげたことは称賛に値《あたい》するでしょう。日本の公務員がどのような仕事なのか、私には今一つイメージが湧きませんが、確かにあなたにはデスクワークより営業のほうが向いているように思います。人が好きでしょう、あなたは」

「……確かに好きだけど……じゃあ、俺、もう来なくても、特に困らないか？」

「インターンはいつから？　合わせて求人を出します」

いつものリチャードだ。表情も声も変わらない。茶葉をあふれさせた時のほうがよっぽど顔が動いていた。

それじゃ、誰でもよかったのか。いやそれは当たり前のことだけど。

俺じゃなくても。身上がわかって、紅茶がいれられるなら。

誰にでもできることだからこそ、選んだ相手にしか任せたくないと言っていたのに。この前はあんなに俺を買ってくれたのに。いやただ励まそうとしただけかもしれないけど。

呆然とする俺を見ると、リチャードは俯《うつむ》き、口に手を当てた。噴き出したらしい。

「何です。泣いてほしいのですか」

「……ちょっと本気でショックだ。俺、いい気な勘違いしてたんだな……」

「何を言うかと思えば。あなたでなければアルバイトを雇おうとは思いませんでしたよ」

俺が顔を上げると、リチャードは微笑んでいた。新幹線の中で見て以来、見るたび心臓を鷲掴《わしづか》みにされるような気持ちになる。世界一の職人が磨きに磨いた宝石のような表情だ。どうしてこれが同じ人間なんだ。もう自然現象でいいじゃないか。本日晴れのち曇り、時々リチャードの微笑み。

「ど……どうして?」

「ここは宝石店ですよ。優先されるべきは知識や教養ではなく、信頼に足る人格です。詳しい人間が欲しければ専門家を雇えばいいだけです。もっともこれはどの国のどの職業でも同じでしょうが」

「ええっと……」

「その点あなたは及第点です。エクセレント。喫茶店で履歴書十枚分は自分のことを語ってくれましたし、道端で襲われている外国人を助ける程度の倫理感もお墨付きです。宝石のことはわからないと言いつつ、石に対する態度は常に誠実で、驚きも悲しみも隠さず、美しさを尊重する。美の前に率直であることこそが、宝石を愛でる唯一にして絶対の条件です。あなたが傍《そば》にいると、私も新鮮な目で宝石を眺められます。感謝していますよ」

とはいえ人生は一度きりです、とリチャードは続けた。ロイヤルミルクティーを飲む仕草が、いつもよりちょっと気取っている。

「あなたが望むことを、望む場所でなさい。私もそうしています。お茶くみは誰にでもできます。私一人でも」

「……いい人材がいなかったら、バイトは雇わないのか」

「いないほうがましな人間を置いてどうしろと？」

なるほど。

俺がにんまり相好《そうごう》を崩すと、リチャードの眉がぎゅっと寄った。

「何です。さっきから奇妙なことばかり」

「断ったんだ」

「は？」

「インターン。この店で働きたくてさ。ここにいれば見たことのない石や、いろんなお客さんに会えるだろ。もっと続けたいと思ったんだ。新しい世界がどんどん開けるのって快感だしな。公務員の夢をいきなり諦めるのもなんだし。上司もそんなに悪くないしさ」

へへへ、と俺が笑うと、渓谷《けいこく》を刻んでいたリチャードの眉が元の場所に戻った。

戻って、またずんと寄った。あれ。

何だその深い溜め息は。どうして顔を背けるんだ。

「……………………思っていたよりバカを雇っていた」

「え？」

「くだらない。いえ失礼。私は日本的な義や仁の観念には疎いのです。何を言おうが基本給は上げませんよ」

「そういう話じゃないだろ！　こう、何かないのかよ！　二人でやっていこうぜっていう、気概みたいなさ！　新しい門出っていうか」

「ひとの語学力にどうこう言う前に、あなたこそよく知らない日本語の軽率な使用と誤用に気をつけるべきでしょう。ばかばかしい。もう少し人並みの頭があると思っていた」

「ドアロックの方法より先にロイヤルミルクティーのいれ方を教える上司はどうなんだよ」

「何ものにも優先順位というものがあります。お茶」

「もう入ってるだろうが」

「おかわり」

自分でやれという代わりに、俺は小野寺さんの置いていった紙袋を開けた。焼き菓子が入っている。それから箱が二つ。食べ物にしては蓋が固い。

「あれ」

「どうしました」

「………ノリタケだ」

箱の中には、金色の帯の入った白いマグカップが二つ、並んで入っていた。


月曜二限の基礎教養英語。終わるとランチタイムになる。終わった瞬間ダッシュして、戻ってきた頃には、中央図書館に続く裏門の前は人でごったがえしていた。

十五号館の階段から、いつも最後まで教室に残っている女性陣が、わらわらと下りてくる。

息を吸って、俺は名前を呼んだ。

「谷本さあーん！」

いつもの友達の隣にいた彼女は、ふわりと黒髪を揺らして、俺を見た。まるい瞳が、ぱっと大きくなる。俺ではなく、俺の背後を見て。

「わあ、正義くん。それスポーツカー？　あっ、エンブレム、ジャガーって書いてある」

ふわふわの白いスカートに、いっぱい風をはらませて、谷本さんが階段を下りてきた。天使だ。天使が歩いている。天国へゆくためには腹をくくるしかない。

「うん、スポーツカーで、ジャガーだ！　でも……俺のじゃない！」

叫ぶや否や、俺の背後の道に一時停止していた緑の高級車は、音もなく発進していった。エンブレムがきらりと光る。横目で見送った時には、もう運転手の顔は見えなかった。

俺のところに近づいてきてくれた谷本さんは、不思議そうな顔で首をかしげていた。

「正義くんのじゃないの？」

「……うん。今の車は……知り合いの車なんだ。嘘をつくつもりはなかったんだけど、メールを送った時、ちょっとごたごたしてて……本当にごめん」

「いいよ、そんなの気にしなくて。車、きれいだったなあ。鉱物の雑誌のエッセイの中で、石の美しさをスポーツカーにたとえた記事を読んでね、一度近くで見てみたかったんだ。確かにあの曲線美は石の美に通じる部分があると思うなあ。さながらマラカイトの艶めきにも似て……えっと、本当にありがとう！」

「それで、あの……」

　言葉が喉でつかえる。頑張れ俺。何のためにリチャードに頭を下げて、平日に学校まで車を回してもらったと思ってるんだ。どうか背中を押してくれと拝み倒すと、美貌の店主は嫌そうな顔をしたが、最後はありがたくも折れてくれた。

　誤解を解くのも、告白するのも、一度にやれば話が早い。

「あのさ！　俺……ジャガーは持ってないけど、車の免許は持ってるから……」

　ジャガーもダイヤモンドもなくても、人は大切なことを伝えられるはずだ。愛があれば。

「もっとぱっとしない車でよければ、今度一緒に、ドライブとか、どうでしょう……」

「ドライブ？」

「……うん」

　お願いです。付き合ってください。あなたが好きです。あなたのおかげで毎日生きているのが楽しいし、ごはんがおいしいし、笑顔を見るだけで幸せな気分になります。俺はあなたのためだったら何だってできます。愛してます。

　と伝えられるものなら伝えたいけれど、言えない。無理だ。舌が凍りつく。ドライブが俺の限界だ。

　頼むから、返事をしてほしい。お願いです。お願いだから。

谷本さんはニッコリ笑って、眉を落とした。

「ごめんねえ、私車酔いしちゃうの！　だからドライブは、無理」

眼前が暗黒になった。ごめんねえ、が頭の中をぐるぐる回る。ごめんねえ。無理。ごめんねえ。無理。ごめんねえ。ごめんねえ。ああ。ああ。

「でも電車だったら平気だよ？」

「えっ？」

「三浦《みうら》半島の露頭《ろとう》、知ってる？　すごいんだよ、崖をくりぬいた道があってショートケーキみたいな地層が観察できるの。正義くんそういうのも好き？」

「す……好きだよ！　大好きだ！　心から！」

「よかった！　私もああいうの好きなんだ」

何だこれは。交際を断られたと思ったらそうでもなくて、ドライブを断られたと思ったらデートに誘われていて、交通手段は車じゃなくて電車ならいい。何だこれは。もう何でもいい。俺の世界に春が来たのか。谷本さんはふんわりしているから、うまく伝わっていない可能性もあるけれど、二人で遠出して遊びに行くとなればもうそれはデートでつまり彼女は俺とお付き合いを――

正義ぃ、という声は、坂の上のほうから聞こえてきた。俺はすっかり緑の葉を茂らせるようになった並木道の上に目を凝《こ》らした。自転車が駆け下りてくる。手を振っているのは同じゼミの下村《しもむら》だ。

「見たぞ外車に乗ってた金髪！　ガチで絶世の美女だ！　ありゃ惚《ほ》れる！　お幸せにー！」

生協《せいきょう》のある坂の上から、中央図書館のある坂の下まで、下村の自転車は止まらず駆け下っていった。生まれて初めて、誰かの顔が死神に見えた。谷本さんは首をかしげていた。

「外車に、金髪？」

「違うんだ！　違うんだよ！　さっきの車を運転してたのは女の人じゃないから！」

「あっ、男の人だったの。外国人の」

「そうなんだよ！　男なんだ！　きれいだけど！」

谷本さんは笑っていた。よかった。万事休すかと思った。落として上げてまた落とすなんて神さまもひとが悪い。谷本さんが天使じゃなければどうなっていたことか。今度こそ本当のハッピーエンド――

「そのひと知ってる。正義くんがお付き合いしてる人でしょ？」

えっ。

凍りついた俺の前で、谷本さんは無邪気に笑っていた。

「新宿のデパートで、二人でブライダルの指輪見てたでしょ。宝石売り場でちらっと背中が見えてね、見間違いかなあーって思ったんだけど」

「ほ、本当に見間違いじゃないかな！」

「ううん。私、上の階に忘れ物しちゃってね。あの日、何度も上がったり下がったりしてたんだけど、二人が下りてくる時、私隣の上りエスカレーターにいたの。正義くんデパ地下で何買う？　って言ってたねえ。びっくりするくらい日本語の上手な人だったけど、名前きいてもいい？」

俺の心臓が、変な調子で脈を打っている。あの時あいつがデパートで言った『婚約破棄』。そういう。そういうことで。だから売り場のお姉さんはあんなに幸せそうに。ああそういうことで。不整脈で死ぬかもしれない。出会い運は大凶。そうだ渋谷では最近同性婚に関する条例が――いつか不用意な言動のツケを支払う時が来るとリチャードが――

「ちが……！　違うんだよ、誤解が……」

「ねえ正義くん大丈夫？　携帯、ずっと鳴ってる」

ほら、と指さされた時、俺は初めて尻で震えているスマホの存在に気づいた。俺のスマホだ。なかば無意識に、ボタンを押す。

液晶になだれ込んでくるメッセージは、全て同じ人間からの送信だった。

『拝啓　中田正義さま、ジャガーの出張サービスにはご満足いただけたことと存じます』

『我々の誠実な関係から鑑《かんが》みるに、今回の雑用には然《しか》るべき代価が支払われるべきではないでしょうか？』

『明日はイレギュラーに店を開けるので今日は掃除をして帰ること』

『何時になっても構わないので来ること』

『いろいろ見せたい石があります』

『夕食はおごります　敬具』

『返事は』

『遅い』

『今』

リチャード、という差出人名を、谷本さんは頷きながら見ていた。

「リチャードさんっていうんだ。ディナーよかったねえ。早くお返事してあげて。今日私、これから友達とごはんだから」

ばいばーい、と手を振って、去ってゆく谷本さんの背中が、小さくなり、女の子たちと合流し、昼休みの人混みにもまれ、見えなくなっても、俺はうまく動くことができなかった。天使が。俺の天使が去ってゆく。目の前が真っ暗だ。

俺は慟哭《どうこく》しながら裏門前で膝をつき、アスファルトを叩き続けた。

「持っているだけで、恋愛がうまくいく石が、欲しい……！」

「そんな石があったら私が買います」

銀座の資生堂パーラー四階、窓の外に銀座の町を見下ろしながら、俺はつけ合わせが四種類もついたカレーを食べ、唸《うな》った。店をぴかぴかに掃除したあと、リチャードは仕入れてきたばかりだというダイヤモンドを見せてくれた。どれもこれもまばゆい光を放つ石たちは、人間がこんなに苦しい思いをしていることなど、永劫《えいごう》知りはしないだろう。俺の目の前にいる宝石のような男が、俺の苦しみをちっとも理解してくれないように。

extra case.

ローズクオーツに願いを

夏の銀座《ぎんざ》の雑居ビル、二階。

エンスト中の車のような唸《うな》り声に、店主が軽い咳払《せきばら》いをした。

「どれほどあなたの喉《のど》が頑張っても、石は喋りませんよ」

「……迷ってるんだよ」

では静かに迷ってくださいとリチャードは冷たく言った。

大体いつものやりとりだけれど、いつもと少し違うのは、俺と店主がガラスのローテーブルを挟んで向かい合っていることだ。

ローテーブルの上には黒い玉手箱がある。中にはカボションの石が三つ。ダイヤモンドやルビーのように、平面を幾つも作るのは『ファセット・カット』、水晶玉や勾玉《まがたま》のように、まあるく磨く加工を『カボション・カット』というらしい。光を反射してキラキラ輝く石ならファセット、透き通っていない石はカボション向きだという。この石のように。

色合いは淡い、ミルキーなピンク色。甘いキャンディのようだ。

名前はローズクオーツという。和名はそのまま、薔薇《ばら》水晶。

サイズはそこそこ大きくて、親指の爪くらいはある。

これが恋愛に効果あり——という噂《うわさ》がある。

発端は通学中のネットサーフィンだった。あの薬は偏頭痛に効くらしい、くらいの感覚で恋愛に効く石があると書かれていたので、正直かなりびっくりした。石の種類によっていろいろ違う効能があるという。いわゆるパワーストーンだ。占いっぽいウェブサイト内の、ローズクオーツの紹介ページには、愛らしいピンクの石の画像が添えてあった。クオーツ、つまり水晶。硬さもそこそこ。管理もそんなに難しくない。

可及的速《すみ》やかに俺はこの石を買うべきだと思った。

いわしの頭も何とかではないが、仮にも俺の愛する谷本《たにもと》さんは岩石屋である。あんなに石の声に真摯《しんし》に耳を傾けてくれそうな人を、俺は他に一人しか知らない。最初はプレゼントにしようと思っていたけれど、彼女が好きだというパイライトとは似ても似つかない石だし――そもそも彼女が好きでない石なんてあるのかという疑問も湧いたけれど、今この状況では用心に越したことはない――リスクを考え、俺が俺のために買うほうがいいだろうという結論になった。何も贈り物だけが策じゃない。もし俺が、実はローズクオーツを手に入れたんだと彼女に話したら、それは恋愛のパワーストーンだよねという飛び石を経て、氷雪地獄のような誤解が解け、一気に雪解けから春まで辿りつけるかもしれない。

スポーツカーの一件以来も、谷本さんは普通に俺に接してくれる。俺もいつも通り彼女に接している。でも彼女の中で俺は『恋人がいる人』にカウントされてしまっている。しかも相手は男である。駄目だ。こんなのは絶対に駄目だ。一刻も早く何とかしなければならない。それも俺の蚤《のみ》の心臓が耐えられるような方法で。

正直怖い。彼女のふんわり属性が怖い。究極の直球を投げなければ、話が通じないかもしれない。でもそれは最後の手段だ。もっと他にこう、何か、あるだろう。あってほしい。

細かな事情はさておき、必死さだけは全開で、俺はリチャードに「どこかで見かけたら」「ついでがあったら」「お手頃だったら」とバイト特権で仕入れをお願いした。石とのめぐり合わせは運次第ですと、店主はそっけなかったが、翌週にはきれいなローズクオーツを三つ手に入れてきてくれた。唸り、強く手を合わせ、深く頭を下げると、時代劇ですかと呆れられた。価格はどれも四桁《けた》だが、五千円は切っている。買えない値段じゃない。

しかし。

「うーん……」

「お客さま、差し支えなければお悩みの理由をお伺いしても？」

「……いや、間違った石を選んだら困るから」

はあ？　という剣呑な声に俺は慌てた。違う。リチャードが間違ったものを仕入れてくるなんて絶対に思わない。信頼している。でも。

「なあ、ここでパワーストーンの話をしたら怒るか？」

「何故《なぜ》です。どこかで怒られたことがあるのですか」

「ないけど、ウェブサイトに『宝石屋さんでパワーストーンの話をすると相手がびっくりします。気をつけましょう』って書いてあったからさ。俺も詳しいわけじゃないけど、浄化とかオーラとか、ああいうのは宝石鑑定士の資格試験に出るような話じゃないだろ？」

ああ、とリチャードは目を伏せた。言いたいことは通じたらしい。一度石を見てから、瞳だけ動かして俺を見た。濃淡のある青い瞳。笑っていた。

「宝石店はドラッグストアではありませんし、宝石商も薬剤師ではありませんので、石の『効能』にしか興味のない方のご要望には沿えませんが、石の美しさに興味のある方ならば等しく大事なお客さまです。良識の範囲内でしたら、どんな話も伺いますよ」

おおかた見当はつきますがとリチャードは零《こぼ》した。バレている。もう開き直ろう。

「お前に頼んだ時には、この石が『恋愛に効く』ってことしか知らなかったんだけど、調べるといろいろ細かいことが書いてあったんだよ。『仲の進展』とか『新しい出会い』とか『豊かな愛』とか」

「いいではありませんか」

「いいけど……うん。それは……いいけどさ…………いいなあ」

はっ、という容赦《ようしゃ》のない笑い声で俺は我に返った。リチャードはそっぽを向いて足を組んでいた。何もかもどうでもよさそうである。のろけ話を聞かされた時の俺の友達そっくりだ。有能な宝石商ではあるけれど、やっぱりこいつはまだ若い。キャリア的には考えにくいけれど、もしかすると俺と同じ二十代か。

「今更だけど、お前って何歳なんだ?」

「それが今回のあなたの悩みですか」

「そうじゃないって! 俺は『仲の進展』に効く石が欲しいんだけど、そういう人間がもし『新しい出会い』に効果のある石を買ったら……微妙に困るだろ? 全部信じてるわけじゃないけど、万が一ってこともあるし。だから」

「お茶」

「っておい! さっきまではおもてなしモードだったじゃないかよ」

「喉が渇きました」

ぶつぶつ言いつつ、俺が茶を用意してくると、リチャードはクオーツの箱をローテーブルの端に置いて茶菓子をスタンバイしていた。新商品の粉糖のついた丸っこいフルーツゼリーだ。ローズクオーツの石くらいの大きさの生菓子が、金色のパックの中に所狭しと並んでいる。カラフルに四種類。砂糖を控えめにして正解だった。お客さま用ではない金色の帯模様のカップにも慣れてきた。

どうも、と俺に微笑《ほほえ》むリチャードの顔は、相変わらず人間やめたレベルの美しさだ。確かにこの職場に女の子が入ったら厄介なことになりそうだなあと思ったが、絶対に言わないと心に決めた。これ以上の誤解は困る。アウトだ。もうファウルの余地もない。

美貌《びぼう》の店主は白いピックで一つずつ、大事そうにゼリーを口に運んでいた。こういう時のリチャードはただの甘党の外国人だ。お茶を一口飲んでから、ちらりと俺を見た。

「アメシストの時にも言ったように思いますが、人間は己の本当に望む方向へ自分を育ててゆく生き物です。あなたが真実、特定の誰かとの仲の進展を祈念しているのなら、どんな石であれあなたを助けこそすれ、邪魔だてするとは思えません」

そういえばそんな話を病院で聞いた気がする。本当に望む方向。そうだ、気づいていてもいなくても、人間は自分の望みに向かってゆくとリチャードが――うん？

俺が怪訝《けげん》な顔をすると、リチャードは眉根を寄せた。

「何です。今度は自分の『本当の望み』がわからないとでも言うのですか」

「おおっすごいな、まさにそれだよ」

くだらない、とリチャードは一音一音丁寧に発音した。そうだろうか。俺にとってはそんなにくだらない話じゃない。

だって『仲の進展』というのは、別に恋愛に限った話ではないだろう。

アルバイトの賃金もさることながら、この春から夏にかけて、俺はけっこう充実した日々を過ごしていると思う。リチャードのおかげで新しい世界の扉が一つ開けたし、谷本さんとも石の話ができるようになったし、これは嬉《うれ》しくない話だが二度も人命救助をして、何故か銀座のスイーツにも異様に詳しくなった。

仕事で付き合う相手に友情を求めるのはよくないと俺の母親なら言うかもしれない。お金が絡んでいるのだからと。彼女の現実認識はいつもシビアだが、多分正しい。でも。できればもう少しリチャードとも親しくなれないだろうか。

俺にばあちゃんはいたが、じいちゃんはいなかった。中田《なかた》のお父さんは優しいけれどいつもは遠いところにいる。中学高校と俺と仲よくしてくれた先輩は大体空手の人で、暇さえあれば俺をどついてくる、汗のにおいのする人たちだった。相談のできる相手がいなかったわけではないけれど、大体同い年でバカをやっている仲間だったし。

いつもスーツを着ている生きた宝石のような男は、俺を不思議そうな顔で見ていた。

「……まさかとは思いますが、二人の女性と同時に付き合いたいとでも？」

「違う、違う！　お前のことを考えてたんだよ」

リチャードは白けきった顔をした。だから何度も違うって言ってるだろ。でもさすがにこの文脈でこの切りだし方はよくなかったか。

「……正直自分でも、すげー恥ずかしいこと言ってる自覚はあるからスルーしてほしいんだけどさ……何だか、変わってるけどいい感じの兄貴が一人できたみたいで嬉しいんだよ。お前、何でも知ってるし、話も聞いてくれるし、暴走してる時はビシッと言ってくれるし、何だかんだ言ってジャガーも回してくれたし、谷本さんとのことも応援してくれてるだろ……だからその……」

仲よくなりたいです、と俺が低い声で切れ切れに言うと、リチャードは少し背中を丸めて口元に手を当てた。笑っている。もう大いに笑ってくれ。恥ずかしいったらない。

「失敬。あなたが好いているのは、私の容姿だけかと」

「勘弁してくれよ……」

「冗談です」

「これでもかなり尊敬してるんだぞ。外国で一人で、キャリーケース引き回して、毎日スーツ着てニコニコしてさ。やれって言われても俺には無理だよ。恥ずかしいこと言ってる自覚はあるけど、冗談は言ってないからな」

リチャードは無言で、ティーカップを携《たずさ》えたまま立ち上がった。立ったまま、そっぽを向いてロイヤルミルクティーを飲んでいる。何でいきなり？

「ど、どうしたんだよ。尻でも痛くなったのか」

「何でもありません。時々直立した状態でお茶が飲みたくなるだけです」

「『時々』って、俺そんなの初めて見るけど」

「いいからそこで石を見ていなさい」

リチャードはカップのお茶をぐっと飲み干すと、足早に店の奥に消えていった。おかわりなら俺が注ぐのに。でもまあ、さっさと石を選んでしまうに越したことはないだろう。今はお客さんがいないとはいえ、この店は午後からが本番だ。

俺は三つのローズクオーツに視線を戻した。どれもきれいだけど、一番気になっているのは真ん中の石だ。細面の顔みたいな楕円《だえん》形に、白い筋がスッと斜めに通っていて、手の平によく馴染む。軽く握ると、無闇に顔がほころんでしまった。石を握りしめて安心するなんて初めての体験だ。ゆっくり戻ってきたリチャードに、俺は微笑みかけた。

「これにするよ。しっくりくる。いい石だな。ところで、つかぬことをお伺いするんだけどさ……社割ってきく?」

「特別払いにします」

給料から天引きってことかと確かめると、リチャードは首を横に振り、足を組んで奇妙なことを言った。最新の、新宿《しんじゅく》エリアの、甘いものの店の情報を仕入れてくること。雑誌やウェブの口コミサイトに載っているような、誰の話かもわからないような評価ではなく、実際に訪れた人の話というのが条件だった。

「食べ歩きしてこいって言ってるのか。中間のレポートが全部終わってからじゃないと」

「甘味に詳しそうな友達の一人もいないのですか？　あなたの大学の女性なら、そういう場所でお茶をしたりすることもあるでしょう。『変わっているけどいい感じ』の上司に無茶を頼まれたとでも言って、話しかければ教えてくれるのではありませんか」

――あ。

話しかけろって言っているのか。谷本さんに。俺から。石以外の話題でも。

俺が目を見開いていると、リチャードは小さく鼻を鳴らした。

「人はそれぞれにスペシャリティというものがあります。私に宝石の知識があるように、今のあなたには学生のネットワークを生かした情報網があります。ギブアンドテイクです」

何を言われてもろくに頭に入りそうにない。喋れるようになるまでまだ時間がかかりそうだ。待ってくれ。今俺の人生の中で、最大級の感謝の言葉をひねりだしているから。

そうだ。

「リチャード、俺……お前のこと、あとどれだけ好きになればいいのかわからないよ！」

感じ入って手を摑《つか》み、一方的に握手すると、リチャードはカップを持ったまま悟りの表情を浮かべた。この視線は。覚えがある。もしかして俺は、また。

「……実際のところ、あなたは全くもって、少しも懲《こ》りていないようですね」

「違うって！　誤解なんだよ！　俺が好きなのは谷本さんで」

「真偽はどうあれ誤解を招く言動があなたの災《わざわ》いの元でしょう。まだ痛い目に遭《あ》い足りないようにお見受けします。天は自らを助けるものを助くと言いますが、己を省《かえり》みない愚か者が石にご加護を求めたところで、『知ったことか』と突き放されるのがオチでは？」

「めちゃくちゃ正論だけど、それもお客さんには言わないほうがいいと思うぞ……」

「左様ですか。ところでお客さま、そろそろ私の手を返していただけますか」

俺がリチャードの手を慌てて放り出した時、インターホンが鳴った。俺たちは同時に店の扉を見た。来客だ。

無言で厨房《ちゅうぼう》を指さしたリチャードは、ローズクオーツの箱を閉じて奥の間に向かった。俺は皿をさげて、布巾でテーブルを拭いて厨房へ。新しいのをいれ直そう。扉の開く音に続いて、いらっしゃいませというリチャードの声が聞こえてきた。

本日最初のお客さまは、一体どんなご用向きだろう。

※この作品はフィクションです。実在の人物・団体・事件などにはいっさい関係ありません。

集英社オレンジ文庫をお買い上げいただき、ありがとうございます。
ご意見・ご感想をお待ちしております。

● あて先
〒101-8050　東京都千代田区一ツ橋2-5-10
集英社オレンジ文庫編集部 気付
辻村七子先生

集英社
オレンジ文庫

宝石商リチャード氏の謎鑑定

2015年12月22日　第１刷発行
2019年12月７日　第16刷発行

著　者　辻村七子
発行者　北畠輝幸
発行所　株式会社集英社
〒101-8050東京都千代田区一ツ橋2-5-10
電話【編集部】03-3230-6352
【読者係】03-3230-6080
【販売部】03-3230-6393（書店専用）
印刷所　図書印刷株式会社

※定価はカバーに表示してあります

ISBN 978-4-08-680054-9 C0193

集英社オレンジ文庫

辻村七子

螺旋時空のラビリンス

時間遡行機《タイムマシン》が実用化された近未来。
過去から美術品を盗み出す泥棒のルフは
至宝を盗み19世紀パリへ逃げた幼馴染みの
少女を連れ戻す任務を受けた。彼女は
高級娼婦“椿姫”マリーになりすましていたが、
不治の病に侵されていて…!?